INK INK INK INK INK INK
K INK INK INK INK INK IN
INK INK INK INK INK INK
K INK INK INK INK INK IN
INK INK INK INK INK INK
K INK INK INK INK INK IN
INK INK INK INK INK INK
K INK INK INK INK INK IN
INK INK INK INK INK INK
K INK INK INK INK INK IN
INK INK INK INK INK INK
K INK INK INK INK INK IN
INK INK INK INK INK INK
K INK INK INK INK INK IN
INK INK INK INK INK INK
K INK INK INK INK INK IN
INK INK INK INK INK INK
K INK INK INK INK INK IN
INK INK INK INK INK INK
K INK INK INK INK INK IN
INK INK INK INK INK INK
K INK INK INK INK INK IN
INK INK INK INK INK INK
K INK INK INK INK INK IN

K INK INK INK INK INK INK
NK INK INK INK INK INK I
K INK INK INK INK INK INK
NK INK INK INK INK INK I
K INK INK INK INK INK INK
NK INK INK INK INK INK I
K INK INK INK INK INK INK
NK INK INK INK INK INK I
K INK INK INK INK INK INK
NK INK INK INK INK INK I
K INK INK INK INK INK INK
NK INK INK INK INK INK I
K INK INK INK INK INK INK
NK INK INK INK INK INK I
K INK INK INK INK INK INK
NK INK INK INK INK INK I
K INK INK INK INK INK INK
NK INK INK INK INK INK I
K INK INK INK INK INK INK
NK INK INK INK INK INK I
K INK INK INK INK INK INK
NK INK INK INK INK INK I
K INK INK INK INK INK INK
NK INK INK INK INK INK I
K INK INK INK INK INK INK

INK INK INK INK INK INK
NK INK INK INK INK INK IN
INK INK INK INK INK INK
NK INK INK INK INK INK IN
INK INK INK INK INK INK
NK INK INK INK INK INK IN
INK INK INK INK INK INK
NK INK INK INK INK INK IN
INK INK INK INK INK INK
NK INK INK INK INK INK IN
INK INK INK INK INK INK
NK INK INK INK INK INK IN
INK INK INK INK INK INK
NK INK INK INK INK INK IN
INK INK INK INK INK INK
NK INK INK INK INK INK IN
INK INK INK INK INK INK
NK INK INK INK INK INK IN
INK INK INK INK INK INK
NK INK INK INK INK INK IN
INK INK INK INK INK INK
NK INK INK INK INK INK IN
INK INK INK INK INK INK
NK INK INK INK INK INK IN

INK

文學叢書

200

誤解莎士比亞

紀蔚然◎著

目錄

【序】

遲來的一對一

紀蔚然

我啓蒙晚，到大二才讀過莎士比亞。

與其說讀過，不如說翻過，敷衍過。那時擔任「莎士比亞」課程的教授爲一位來自英國的老神父，操一口高級的牛津英語，上課時旁徵博引，不需要看筆記也能滔滔不絕。他聲音低沉，帶有磁性，滿頭的灰髮銀絲更能烘托出不疾不徐的紳士風格，全班爲之傾倒，一半以上在睡覺。才大二，莎士比亞的原文看不懂，老師講的也聽沒，後來那堂課怎麼及格的也忘了，只記得神父下課時會從口袋拿出一顆糖果放進嘴裡，像個貪吃的小孩。

於堪薩斯大學攻讀戲劇碩士期間，難得有心向學，在英文系選修了一門「莎士比亞」，第一天就被任課教授的開場白嚇壞了，她以布道的口吻告訴我們：「我們將用一學期的時間來證明莎士比亞是女的！」想當然耳，當天我火速退選。幾年後，在愛荷華攻讀英美文學博士時，我已厭倦了戲劇，四年內修習了二十幾堂課，只有兩門和戲劇沾上邊，而這兩門都和現代戲劇相關。逐漸地，我把莎士比亞給忘了。

多年來，莎士比亞一直是我的遺憾：忝爲文學博士對這位詩翁（The Bard）卻一知半解，實在慚愧。前年，升等成功後，總算較有時間看自己想看的書，於是花了一年的光陰重新認識莎士比亞。這一次，沒有老師帶路，就只有我和大師，如此一對一地對話，整個過程算不上順遂，我的情緒總是在拒斥與誠服之間擺盪，到最後兩者交織纏繞，模糊一片。大家都說他偉大，偏偏我的不受教，我的不願受教，讓我不輕易承認他的偉大。然而，他的量產，他的劇場之賣座、書寫格局之廣闊浩瀚、對人性、人生之洞悉深度，在在令我這個老是在侷限與突破之間摸索，老是商業不成、藝術不就的編劇者大嘆弗如的啊。

《誤解莎士比亞》這本書是與大師近身肉搏的記錄，有嚴謹端莊之處，亦不乏撒野僭越的地方，傳統的莎學學者看了一定不以爲然。但是，無所謂，我不是爲他們而寫的。

反勵志白皮書

哈姆雷特有很多痛苦，其中就是得忍受紛至沓來的勵志語言。

勵志書生產集團有個不成文的規矩：什麼故事都能說，就一樁事故不許宣揚。這一幫人生導師們深信，一旦易騙的社會大衆得知其中端底，勵志書工業就大可不必混了。

那則祕而不宣的事故原委如下：某天，一名酷嗜寫生的年輕人背對燈塔、面向海洋，孤立於台灣最北鼻頭角的懸崖邊，正巧一群人生導師因響應集團舉辦之自強活動，到此郊遊，衆人見那年輕人處境堪慮，有跳海之虞，紛紛趨前勸阻。年輕人受此突來的干擾，悚然轉身，但見一干人等如合唱團般在他身後一步之遙扇狀排開，又聞他們以朗誦詩歌的語調齊聲說道：「年輕人，切莫輕生，不管什麼事，想開一點。退一步，海闊天空啊！」不知是這群合音天使的幻象駭了他，還是聽勸後豁然開朗，年輕人果眞後退一步，竟失足掉落懸崖成千古恨。衆人見狀，一時驚慌，所幸他們自詡EQ甚高，絕不容許失措，在年輕人屍體尚未遠飄前，心情已然平復，經過一番檢討，大夥結論此爲意外，非戰之罪，然爲避免他人穿鑿附會，衆人立下毒誓，不得再提。一時，風聲，浪聲，還有啐啐啐十數聲，一行人吐唾擊掌，齊喊三聲「勵志」後離去。燈塔四下無人，僅留著一個沒了主人的畫架。

打年輕起就對勵志書敬謝不敏，不知為何古文不佳的我，每見勵志書腦海便浮上「子不語怪力亂神」這句話。猶記大學時期最暢銷的勵志書是《人生光明面》，幾乎人手一本，偏我不屑一讀，以致至今仍搞不清人生究竟有哪些光明面，能苦撐過半百已算萬幸。恨屋及烏，我對後來同等暢銷的《老周的胃》也是拒之遠之，致使中年罹患胃潰瘍，只能說活該。我知道我的問題：即便體會了人生光明面卻固守「鐵齒哲學」，打死都不願承認，別人的鐵齒是不見棺材不掉淚，我的則是在綠洲飲水解渴之餘，還一面懷疑它是海市蜃樓。無論如何，直覺告訴我：假使我的人生出了差池，勵志書對我絕對是百害無一利。如此信念使我這輩子得以免受人生導師的污染……直到上個禮拜。

上個禮拜，我信步晃進一家常去的書店，因為光顧得勤，和老闆還算熟稔。按往例，我那天也是新書翻翻，舊書看看，獨獨遠避「勵志區」，俟要走出書店時，老闆難掩興奮地擋在門口，猛指著手裡的書，說：「這是一本好書，讀了會改變你的人生。」我問他讀過沒，他頻點頭如啄木鳥，看他那副蠢頭模樣，不稍加調侃有失我的風範，因此狎戲問道：「既然改變了你的人生，你還在這賣什麼書，怎麼不在誠品當總經理？」老闆完全不睬我的幽默，硬是把書塞在我手上，我只好勉爲其難地正眼一瞧，天啊，竟是一本勵志書。這下破功了！我連忙將它拋給老闆，對方又擲回給我，好像它是一枚隨時會引爆的手榴彈似地。

老闆絲毫不察我驚恐的表情，正色道：「這本送你！」我還沒反應過來，他接著又說：「紀老師，我讀過你的東西，寫得還算不錯，但總是，怎麼說，你不要見怪，總是有點犬儒，太過悲觀。我覺得你需要這本書，不要鐵齒，好好讀一讀，我保證它縱使沒有改變你的人生觀，至少能改變你的創作。」那時的他活像是上門按鈴的摩門教士，眞想賞他個巴掌，好讓他醒醒，卻又不忍糟蹋他的虔敬。於是乎，鐵齒但軟弱的我只好用拇指和食指夾著，像垃圾般把書拎回家去也。

那本書横陳案頭數日後，我終於破戒，切莫怪我意志不堅，有書不翻跟有牌不打一樣是件很難過的事。起初信手瀏覽，繼而逐字閱讀，不知不覺中居然全書翻完，整個過程不出兩個鐘頭。這等貨色的唯一好處就是易消化，像剛烤過的方塊棉花糖，入口即溶，吃了等於白吃。讀完後，我證實我的直覺終究是對的，勵志書不會改變我的人生。然而，它卻改變了我的寫作計畫：擲書喟嘆之際，當下決定在昏昏度日之餘，提撥些氣力，撰寫一篇「反勵志白皮書」，其用意不是要人頹喪度日，只是勸誡對人生略感困頓踟躕的朋友，少碰那些會讓人想一頭撞牆的勵志書。

如何過好每一天？

勵志書不外乎教導人們「過好每一天」。不消說，此爲天方夜譚。怎麼過好每一天？一年裡能好好過上幾天已是萬幸，誰有能耐過好每一天？再者，何謂「過好」？誰有資格爲「過好」下個放諸四海皆準的定義？像我這般好逸惡勞，非不得已不做正事，得閒就睡覺、打牌、看電視、喝酒瞎聊，算不算是過好每一天？或像我們的家犬「小毛」，沒事鼾睡，醒來就吃喝拉撒聞聞嗅嗅，算不算是過好每一天？筆意至此，突然發覺我和「小毛」沒啥兩樣，牠得看我臉色過日子，我得幫牠清理糞便，雙方日子都不好過。

勵志書中充塞空洞的詞彙，諸如積極、向上、感恩、知足、愛人、愛己、謙遜、隨緣等等，都是人生導師們賴以爲繼的語言鴉片，果若有一本勵志書勉人消極墮落苟且偷生，將是我臨睡必讀的床頭聖經。電影世界有「夢工廠」，勵志工業有「廢話製造機」。每個人生導師都要我們早上醒來「數數你的福分」，可我清晨一睜眼就只會算算睡了幾個鐘頭，然後嘀咕抱怨沒睡夠。勵志書只是作文比賽，淨寫些常人無法實踐的無聊道理，一會兒要我們「彩繪生活」，一會兒要我們「讚嘆生命」，每個字都懂，每個道理也知，讀來卻如天書。饒是我駑鈍執拗，犬儒到無藥可醫，以致不爲所動？何以這番話之於我，竟和小學生作文裡的「長大要成爲偉人」或選美機智問答裡的「要爲世界和平盡一份心力」同樣只是隨口說說的應景詞？只能如下猜測，會受到這種腐言廢語鼓舞的人八成很容易就能受到激勵；想當然耳，也很容易受到打擊，甚或被擊潰。勵志書顯然是寫給弱者看的，要使自己不成爲弱者的第一步就是丟掉勵志書，否則是越看越弱。若有人認爲，如此不受教是沒有宗教信仰的緣故，我的回答是：情操比信仰難得，信仰可掛在嘴邊，耶穌基督阿彌陀佛，情操襯於心底，是不需言語的。並非我眞有什麼偉大情操，只是藉機示範：作文人人都會。

當哈姆雷特遇上勵志書

當悲劇英雄遇上勵志書，會有什麼下場？最有可能的結果是，英雄尙未遇害或畏罪自殺前，就因受不了廢話貫腦而一頭撞柱就義了。勵志書救不了阿格曼儂、伊底帕斯、浮士德、李爾王、馬克白、奧瑟羅，反而會讓他們早死。假使對一百個勵志書作者做問卷調查：西方戲劇裡最需要勵志書的悲劇英雄是誰？九十七位會回答「哈姆雷特」，其餘三位比較沒有文化水平，分別寫的是：佛地魔、佛羅多、史瑞克。至於勵志書是否救得了哈姆雷特，而勵志書和偉大的《哈姆雷特》又有何干係，値得推敲。

一般認爲，《哈姆雷特》的偉大即在於它不是單純的王子復仇記，至於它到底在表達什麼，衆說紛紜，一個學者一套解讀，以致自十七世紀迄今累積了數十萬筆的論述。也許它眞正偉大之處在於引發人們解讀的欲望：據波蘭戲劇學者伊恩·咖特（**Jan Kott**）於一九六〇年代之估算，光是有關此劇之文獻目錄就達華沙電話簿的兩倍厚。即便對沒讀過劇本的人們而言，「哈姆雷特」這個名字具某種程度的意義；咖特的比喻很貼切，「哈姆雷特」跟達文西之「蒙娜麗莎」一樣是帶有神祕光環的文化符碼：人們在沒看到那幅畫之前已經知道她在微笑，至於她的微笑代表何種意義則隨人詮釋了。畫只有一幅，卻有很多個「蒙娜麗莎」，劇本只有一部，也衍生出無數個「哈姆雷特」。此爲「誤讀」之豐收，稍有當代意識的讀者不得不贊同咖特之洞見：凡詮釋皆爲「誤讀」，「誤讀」非但必然，而且必要。

除了詩人艾略特外，絕少有人敢說《哈姆雷特》不偉大。這正是《哈姆雷特》的悲劇：後人面對它只能祭之以親炙偉大、受偉大洗禮的戰戰兢兢，或等而下之的敷衍學舌。很多人處理經典的態度跟古早解釋學者面對《聖經》的情結是相仿的。根據一種說法，《聖經》由上帝口述、摩西謄寫而成。假使，上帝說錯了一句話——抱歉，上帝不可能說錯話——重來一遍：假使摩西錯寫了一個關鍵字，會有什麼後果？放心，死忠的解釋學者會把錯的解釋成對的。同理，文學經典的捍衛者也常把文本不合時宜之處天花亂墜成具宇宙性的永恆價值。然而，總會有人問道：爲何如此體貼卑微，非得爲經典辯護不可？正如雷蒙．威廉斯（Raymond Williams）所言，生產出希臘悲劇的物質條件已成過眼雲煙，冀望複製希臘悲劇本是痴人之夢；吾人以古人眼光閱讀古書的企圖也無異是緣木求魚。或許，要破除經典魔咒就得暫且忘掉它爲經典，非但不必刻意放空、消極吸納，還得堅持著時代與地域烙印於我們之上的品味、性格、偏見等等，與經典拉鋸拔河。唯有如此，類似《哈姆雷特》這樣的作品始有可能從神聖的柩櫃裡譁然站立，走出生命。

有了以上觀點爲後盾，我方可不揣謬妄，直言不諱：《哈姆雷特》有時還眞夠膩。不談其他方面，光是它的主人翁就有得抱怨了。我對哈姆雷特這個人的感覺因心情而易，因段落而有所不同。消沉時，也就是大多時，因我大致消沉，哈姆雷特的感慨深深擊中我的痛處：

這時代分崩離析，哎，倒楣

如我卻被生下，來導正一切

我雖非貴爲王子，無力扭轉乾坤，但現今這分崩離析的時代也實在夠令人痛心。還有，他將存在譬喻爲禁錮也深得我心：

哈姆雷特：丹麥是一座監獄。

羅森克蘭：那麼全世界也是一座監獄。

哈姆雷特：好一座大監獄，裡面有許多囚室、牢房、地窖，丹麥是其中最糟糕的一個。

說我是死硬悲觀分子也無妨，我就不信任何生活在台灣的樂觀人士，會對以下這句台詞沒有絲毫感觸：「丹麥這王國有不可告人的醜事。」

偶爾，還好只是偶爾，心情也能陶醉在意興風發之飄飄然。這時的我格外孟浪躁進，對於哈姆雷特思緒頻仍、行動遲緩的氣質大感不耐。哈姆雷特的優柔寡斷是出了名的，什麼時機報仇，對他而言，是個問題。他真正需要的不是勵志書，而是一部中國武俠小說：父仇不共戴天，只有立即追殺的選項，哪有丹麥時間冒出那麼多虯枝盤繞的疑慮？假使哈姆雷特開一家漢堡店（美國洛杉磯有家漢堡餐廳眞的就叫 **Hamburger Hamlet**），速食會變慢餐，顧客已經餓壞了，哈姆雷特還在廚房考慮絞肉該幾分熟，是要照規矩整塊烘烤，還是裝瘋賣傻來個快炒，讓它分崩離析。我沒看過《哈姆雷特》的演出，縱使將來有機會也大概不敢去看，深怕造次的我很可能於第一幕第二場哈姆雷特首度登場，就從觀衆席裡丟給他一本勵志書，要他少作憂鬱小生狀，及早自我了斷便了。

偏頗了，我知道。哈姆雷特有很多痛苦，其中就是得忍受紛至沓來的勵志語言。尚未見到生父之鬼魂前，王子的心情早已迷走谷底，暗自希望「這一副臭皮囊，融化，消散，化成一滴露水」。大部分學者以爲這一半是基於哈姆雷特懷疑父親猝死事有蹊蹺，另一半是源自他多愁善感的纖細神經。如此的心理分析合情合理，難以挑剔，然除上述理由之外，我們或可追加一個可能性：哈姆雷特求死的念頭是因爲他快被俗人俗語淹沒了。他聽不進母后（Gertrude）的勸說：

哈姆雷特乖，從愁雲慘霧中擺脫出來，
用善意看待丹麥的君王吧；
別老是低垂著眼簾，只想向黃土下
去尋找你那高貴的父親。你知道，
這也是情理之常，有生必有死——

甭說了，誰不知有生必有死。母后才講完，國王（Claudius）接著勵志喊話：

哈姆雷特，你克盡爲子之道，爲父親

致哀盡孝，足見你天性淳厚，
大可以稱道。可你要知道，你父親
也曾失去了他的父親，那失去的父親
也曾失去了他的——

國王的說教和〈愚公移山〉裡一句話異曲同工：「雖我之死，有子存焉；子又生孫，孫又生子；子又有子，子又有孫。子子孫孫，無窮匱也。」道理人人會說，但大半時候也只是說說作罷，這就是哈姆雷特的痛苦處境：勵志語言一波波交相淹至。

劇中，御前大臣波洛紐斯（Polonius）一家稱得上是「勵志之家」。這一家子父慈子孝，兄友妹恭，講起話來頭頭是道。我們可以把第一幕第三場戲稱為「勵志場」。首先是兄長雷阿提斯（Laertes）對天真的妹妹奧菲莉雅（Ophelia）諄諄告誡：「留神啊，我的好妹妹，你得留神啊，可不許讓七情六慾來制伏你。」奧菲莉雅倒很受教（她的悲劇就是太受教），恭謹回道：「我一定要把這番好教訓記住了，讓它看守我的心。」哥哥訓完妹妹，換老爸講幾句場面話勉勵哥哥，開頭一句「有幾句訓誡，你可得牢記在心」，最後一句「再會吧，願祝福和這番話保佑你」，中間夾雜一籮筐待人處事的中庸之道。相對於哈姆雷特詩意盎然的冥想，一家三口的俗爛話語眞夠矯情，難怪波洛紐斯是劇中第一個翹辮子的人物，也難怪奧菲莉雅和雷阿提斯死得冤枉，因爲連莎士比亞自己也被他們的廢話惹毛了。莎翁的劇作裡，滿嘴陳腔濫調的人物沒啥好名聲，這些人不是狡詐之徒，便是庸俗之輩，以下哈姆雷特對他們的評語再貼切不過了：

這個輕薄時代的寵兒，及他的同類人一樣，全靠流行的時髦話。那掛在嘴邊的幾句口頭禪，從渣滓裡泛起的一堆泡沫，竟能蒙混過聰慧人士的目光，可是只要試試他們，吹一口氣，那些泡沫全都完蛋了。

第二幕第二場哈姆雷特出現時，邊走邊讀著一本書，那本書可能是咖特所說的《蒙田隨筆》，也可能是沙特的《無路可出》、卡繆的《異鄉人》、卡夫卡的

《審判》……什麼書都可能，但絕不會是一部勵志書。

與台灣八字不合

《哈姆雷特》不適合當今的台灣，沒有導演會笨到在這年頭搬演這齣戲，除非他想舉辦打呼比賽。

台灣人正處於沒有哲思玄想的時代。如果楊照所言無誤，現今政府未曾擁有具遠大視野的理想，只一味迷信立竿見影的現實主義，則可如是推衍：現實的執政黨繁殖了現實的在野黨，兩者亂倫雜交的產物則是現實的人民。如上的因果關係，倒過來說也是通的——政治人物看不遠，人民跟著短視；抑或，人民看不遠，政府跟著短視。地平線已成傳說，地平線以外的世界並不存在。想像力凋零喪盡的結果，剩下什麼？我們只剩道理。政客愈是犯錯，愈是蠻橫無理，人民便得花更多的時間去爭辯現實主義的道理。台灣人言語乏味不是沒有道理：有太多的知識分子浪費太多精力在述說少有深度的道理。可想而知，這躁鬱的島嶼哪裡能定下心神，騰出雅興，一探哈姆雷特的精神奇觀？

《哈姆雷特》不適合執迷於「簡單道理、簡單答案」的台灣社會，它提出深奧的問題，並拒絕提供解答，它的主角意志消沉，詛咒生命、詛咒自我、詛咒意識。《哈姆雷特》不是一部勵志書，無法激勵任何人，卻也不會讓人讀了有輕生的念頭。反倒是十九世紀浪漫派詩人，如科立茲（Samuel Taylor Coleridge），在主角的七段獨白裡領會到崇高感（sublime），而且我深信，凡是走過二十世紀的人們，只要靜心探索自我，也能多少認同哈姆雷特的內在撕裂，從中獲得意識上的昇華轉化。世界愈市儈俗氣，愈是需要哈姆雷特這種人，然而凡事只圖短線正義的台灣，恐怕是撥不出台灣時間來理會劇中的大哉問吧。當台灣遇上《哈姆雷特》就好似急驚風遇上慢郎中。我們急，我們焦慮，我們因迫切而焦慮，因焦慮而更急，我們從排長龍買葡式蛋塔一路走到排長龍買日式甜甜圈，隊伍有多長似乎就代表我們的焦慮有多深。喝不到限量極品咖啡怎麼辦？便利商店的Hello Kitty收集不全怎麼辦？至於哈姆雷特的煩惱，就涼拌吧。

何以哈姆雷特拖拖拉拉不報殺父之仇，這個問題應該很重要，否則歷年來不會累積數以萬計的臆測。「正統」的詮釋是，《哈姆雷特》凸顯了西方戲劇史上的重大轉折，即莎士比亞顛倒了亞里斯多德「情節重於人物」的信條：不只人物先於情節，且思緒凌駕行動之上。據此，憂鬱王子的問題是他想太多，思考使他困頓，對於存在毀滅的揣想，對於親情愛情友情的斟酌，甚至對於思考的思考，在在使他成爲行動的侏儒。《哈姆雷特》是一部關於思考的悲劇，復仇的命題充其量只是莎士比亞用來玩弄觀衆預期的藉口，於布局上他給自己最大的挑戰，就是盡可能拖延復仇的行動。

如上說法行得通，但不免僵化了哈姆雷特的憂鬱形象，而忽略了憂鬱背後的韌性。在我的詮釋裡，哈姆雷特是頑強的。王子最大的敵人不是殺他父親的叔叔，反而是已逝父親的冤魂：「要是你天性還在，能容忍這一切嗎？……再會吧，要記住我！」此爲血債血還的報仇指令，最最古老的勵志語言！任何血性男兒一旦被賦予這項任務，誰敢不認命，誰不會有「志在於此」的篤定？偏偏，哈姆雷特不認命，不想讓報仇，也就是短線正義，成爲他存在的唯一理由。他抵拒鬼魂的召喚，排斥英雄的宿命。「英雄」是泯滅天性的勵志符號，哈姆雷特避之唯恐不及，如怪力亂神，如莫名附身的印記。

劇本一開始便提到，挪威有個名叫福丁布拉（Fortinbras）的王子，他血氣方剛，矢志爲父報仇，向丹麥追討失土。最後，丹麥王室成員互相殘殺相繼斷氣，他適時出現，不費一兵一卒便接管丹麥，收拾殘局。福丁布拉積極進取，天天臥薪嘗膽，日日高唱「我現在要出征」，在世俗的眼裡，他才是英雄。然而，如此正面的英雄形象太過世俗，而俗世及其體制賴以維繫之教條規訓，正是令哈姆雷特大嘆人生乏味的來源。

《哈姆雷特》當然與台灣八字不合，它其實是一部反勵志白皮書。

被故事騙了

哈比國度的可悲在於它摒棄歷史、抹殺過去，
在於它選擇不再被以前的故事騙了。

既然莎士比亞被譽爲史上最會說故事的劇作家，不如我們先從「故事」打開話匣，再以一部莎翁的戲劇作爲檢驗的對象。

每個人一生中都該被故事騙過——「被騙活該」指的大概就是這個意思。一輩子沒被故事騙過的人，如果這種人存在的話，應不算活過。若某人信誓旦旦宣稱「今後不再被故事騙了」，則接下來他的日子將會很難過，在吐出最後一口氣，永遠闔眼的那瞬間，辭世者終將大悟，他畢竟被「不再被故事騙了」的故事給騙了。

發願從此不再受故事誆騙，意味著日後要放聰明些，但如此的自我砥礪往往只是另一種愚昧的開端。不想再上故事的當其實就是不想再浪漫，內心容不下一絲天眞，凡事講究世故、市儈、勢利，做生意只爲了賺錢，做愛只爲了出清壓抑的存貨，做任何事但求看得見、數得來、摸得著的好處。不再浪漫的人只是空殼，晚上睡覺連夢都不做了。

比侏儒還小的單位

雖說這樣的人不可能存在——只要還在呼吸，誰不日裡思夜裡夢，幻想些現實以外的事物？——常見的情況卻是，整個國家的人民在慘澹的年代，集體患了浪漫恐懼症。在這個不再做夢的國度裡，不僅市井小民埋頭苦幹只顧溫飽，對來日存有無以名狀的不安，即便是以高級知識分子自居的人士也站不高看不遠，他們或是汲汲營營爲了守成，或是因幻滅而冷感，已無力爲引頸翹望的民衆擘畫出未來的憧憬。

沒有視野，當然就沒有故事；沒有故事，不可能有視野。當然，就像人一樣，每個國家多少都曾被故事騙過。有一段時日，這個故事破產的國家先是被「反共抗俄」的故事給騙了，再來被「經濟奇蹟」的故事給騙了，之後又被「民主奇蹟、在地主體」的故事給騙了。不得不承認，這三個故事都很迷人，但都不是好故事：好故事絕不扼殺其他故事，總能刺激人們的想像，滋養更多的故事；好故事總是能轉化意識，提昇眼界，不會把聽者困鎖在洞穴裡，誤以為幻影即是現實。

沙利斯伯里的約翰（John of Salisbury）於西元十二世紀寫道：

我們通常知曉多些，並不是因爲我們靠自己的本能向前挺進，而是因爲我們一則倚賴了別人的精神力量，一則承襲了祖先的寶藏。查特斯的柏納德曾將我們比喻爲微不足道的侏儒，棲身於巨人的肩上。依他所見，我們之所以看得比前人更多更遠，並不是因爲視覺較爲敏鋭，或長得高些，而是因爲我們被他們巨大的身軀抬起，居於高處。

活在當下的人們需要前輩的故事。設想一國的人民，他們一方面從過去找不到可信的故事，另一方面又無力編織未來的故事，那會是什麼樣的國家？具遠見的現代人只是侏儒，則無視野的當代人算什麼？可有比侏儒還小的單位？答案呼之欲出：《魔戒》裡的哈比人。

熱鬧與門道

話題扯遠無所謂，橫豎拉得回來——這不就是說故事的伎倆？工夫好的作者總會把重點寫得像廢話，把廢話寫得像重點，把「離題」布置成「看似離題而實非離題」，把轉折化爲無形。我工夫三腳貓，一時想不出好計，只得硬生生把話題扯回正軌，直接切入提要：論者總說，莎士比亞既會說故事，又是才氣縱橫的詩人，因此外行的觀衆看熱鬧，內行的觀衆看門道。

我深深不以爲然。我看到門道，看不到熱鬧，至少在《奧瑟羅》（*Othello*）的劇情看不到什麼値得鬧的，而且一鬧就將近四小時：一個老頭子娶回美少女，卻因誤信讒言由愛生妒，把妻子掐死後始知悔悟，**the end**。沒有比這更無聊、更折磨觀衆的故事，幸虧莎士比亞不是活在當代的編劇，要是他把以上故事大綱拿去向三立或民視兜售，誰理他？看完第一幕，我想對奧瑟羅說，豔福不淺，老不休，好好把握，需要威而剛黑市有；到了第二幕，我只想撂下一句話——老傢伙，這跟威而剛無關，結局已定，你慘了——然後走出劇場，再沒心情看他如何上當，連最起碼捉姦要在床的常識都沒便鑄成大錯。

有此反應，當然和觀者的背景息息相關，我無非是歷經現代小說、好萊塢電影、迪士尼卡通、電玩、偶像劇、《台灣霹靂火》洗禮兼洗腦的當代人。這不能怪我，更不能怪莎士比亞，文藝復興的觀眾沒有別的娛樂，沒有影視，沒有電腦遊戲。長期以來，我對莎翁的態度保持若即若離，既欽佩又不耐，礙於專業不得不虛應著，是啊，莎士比亞真偉大，但忠於直覺我必須說，莎士比亞考驗當代人的耐性。要讀閒書，老莎放一邊；要汲取門道，老莎卻是上選：機智的詩文、恢弘的格局、深刻的洞察……所謂的熱鬧，就在門道。

愛上他的故事

《奧瑟羅》裡，權力的天平歪了。根據奧瑟羅的表白，他常到老丞相柏拉班旭（Brabantio）家作客，主人喜歡聆聽有關他的冒險事蹟：

我講了一樁又一樁最不幸的苦難，
講海上路上驚心動魄的遭遇；
怎麼間不容髮，死裡逃生，
又落在敵寇的手裡，被賣爲奴隸；
後來又怎樣贖回身子；再談到
我走遍了幽深的山窟，荒涼的沙漠，
以及那穿天插雲的崇山峻嶺。

戴絲德蒙娜（Desdemona）聽得比老爸還要入神，爲了料理家務屢次得中途離席，有天她終於忍不住，要求奧瑟羅把他的故事重述一遍，於是：

我答應了；卻害她掉了不少眼淚——
當她聽到我少年時代吃的苦，

受的難有多深。等我把故事講完，
她只是拿一聲嘆息來酬勞我；
還發誓說：啊，這眞新奇，太新奇了；
眞可憐，好不可憐啊。她但願
沒聽到這故事，可是又但願
上天把她打造成這麼個男子漢。
她向我道謝；還說，要是我有朋友
愛上她，只消指點他講我的故事，
便可打動她的心。

戴絲德蒙娜愛上了奧瑟羅的故事，說故事是奧瑟羅所使喚的「符咒」，所施展的「巫術」。這是不公平的結合，因爲男人可沒愛上女人的故事：身爲女人，戴絲德蒙娜沒有故事，只有美麗的容貌與賢淑的個性，而且對奧瑟羅而言，戴絲德蒙娜不必有故事。原來美德的組成要件，古今皆然，是男女有別的。男人必備的美德是事蹟功勳，平步青雲者可，逆境奮起者尤佳，縱使是潦倒落魄一敗塗地者亦有催情效應；女人嘛，只要長得好看、個性不賴就過關了。

故事能呼風喚雨，驅神役鬼，自然足以擄掠一個人的芳心。戴絲德蒙娜被奧瑟羅的故事給騙了，把他的磨難及成就與他的本性、品德、智慧混爲一談，她萬萬沒想到奧瑟羅之後會被另一則故事給騙了。用大白話說，她呆，他更呆。伊亞戈（Iago）爲了破壞這對老夫少妻的婚姻而精心編造的故事，其實就是「女人的故事」。在莎士比亞寫作的年代，關於女人的爭辯可以如下簡述：一方男人認爲女人天生賤骨，必須嚴加控管，另一方則相信女人天性本善，唯軟弱易受誘惑，稍加開導必能引入正途。女性主義者提醒我們，兩造男士皆屬憎恨女人一族，只有五十步和百步之區隔。

伊亞戈的立場爲前者的極端，他用語言沾汙了天下的女人，用故事矇騙了奧瑟羅。然而，以今天的角度來看，他設計的故事充其量只是造謠生事，只有肥皀劇的水平，算不上高段，奧瑟羅怎會如此輕易上當？

人之將死，其言也善。奧瑟羅自殺前，述說了自己的罪過：

不必爲我開脫，也不要故意糟蹋我。
這樣，你們應當說：這個人
用情太深，卻又不善於用情；
這個人不容易忌妒，可是一旦
起了疑心，就一發不可收拾。

依據他的表白，早期的學者們下此評斷：愛使人發狂，奧瑟羅愛得不知節制，患了偏執妄想症。如果這個說法成立，則奧瑟羅的問題不大，找個精神分析師就有救了；如果這個說法成立，則四大悲劇之一的《奧瑟羅》沒想像中複雜，其宗旨不外是在教誨中庸之道。在這個架構裡，奧瑟羅太感性，伊亞戈太理性，戴絲德蒙娜太……太無辜。戲劇世界中，無辜的人多半不具分量，他們只是極端人物的沉默羔羊，只是作者藉以烘托要角的工具……難怪莎士比亞賦予戴絲德蒙娜相對少的台詞。

人之將死，其言或善，未必可信。晚近的學者們選擇不過度重視劇中人物的自剖，更無意揣測莎士比亞的意圖，他們認爲奧瑟羅死前仍未悟出眞相。奧瑟羅之所以易騙只因在很早很早，遠在伊亞戈攪和之前，他就已內化那則經典的「女人的故事」：脆弱，你的名字是女人。在這個架構裡，奧瑟羅和伊亞戈太大男人，戴絲德蒙娜太……嗯……還是太無辜。

文學作品裡，人物的象徵意義強過實質意義，一向不是好事。

荒誕的「手帕的故事」

伊亞戈一百步，奧瑟羅五十步。

只有五十步嗎？奧瑟羅曾把一只手帕交給戴絲德蒙娜，囑咐她好好保管，永不離身：

那塊手絹，

是一個埃及女人送給我母親的。
她是個女巫，能把人心看透；
對我母親說，只消把手絹放在身邊，
會讓她儀態萬方，把父親籠住了，
叫他只知道一心一意地愛她；可要是
她把手絹掉了，或是送給了人，
我父親會厭舊喜新，只想到外邊去
尋歡作樂。

奧瑟羅言之鑿鑿，要妻子格外小心，「珍惜它就像自己的眼珠，萬一丟失了，或是送給了人，只怕天下的災禍就要來了。」

有這麼嚴重嗎？戴絲德蒙娜問，觀眾也問。兩次提到「送給了人」，奧瑟羅都加了「或是」，聽起來像是連帶一提，其實才是重點，後來奧瑟羅果眞因堅信手帕已經「送給了人」，便一口咬定老婆紅杏出牆。沒看過《CSI》的奧瑟羅顯然不知間接證據與直接證據的區別，但撇開科學推理不談，我們可從其他方面質疑。奧瑟羅對那只手帕超乎人情的重視，到底代表什麼意義？與這個問題一體兩面的是，莎士比亞如此倚重「手帕的布局」，又代表什麼意義？這齣偉大的悲劇，難道眞如某位學者所稱，意在告誡天下的妻子：切莫遺失丈夫交給你的傳家信物？果眞如此，準會有人以同樣的邏輯，爲她們提出因應之道：收好信物，最好是鎖在保險櫃，丈夫每月一查時打開給他看便了，至於枕邊人是不是丈夫，無所謂啦。信物足以毀了女人，也正可救了她。

是奧瑟羅無知，還是莎士比亞天眞？沒有一位現代劇作家可以編出「手帕的故事」而不被罵到臭頭的。莎士比亞得免其難，只因他是古人？只因他太偉大，沒有臭頭之虞？恐怕這兩項因素早已滲透了當代人的詮釋觀感，成了莎翁的金鐘罩。有一種詮釋可以爲莎翁開脫，那就是把重點放在奧瑟羅的膚色；換言之，莎士比亞描寫的不是威尼斯白人，而是非洲黑人。迷信巫術，相信手帕的故事，只能怪奧瑟羅尚未開化，被騙活該，不能怪莎士比亞把天下的男人寫笨了。然而，如此的詮釋角度只是將問題搞得更加複雜。若將奧瑟羅的情況種族化，則這位悲劇英雄如何具備悲劇學者再三強調的宇宙性？一方面，奧瑟羅會如此這般源於他來自「黑暗大陸」，另一方面，他失樂園的際遇象徵全人類的悲劇——兩者間的矛盾就留給忌諱矛盾的學者去化解吧。

立於墳丘的哈比人

奧瑟羅最大的悲哀來自他沒有種族記憶，他是艾略特筆下的「空心人」（The Hollow Men）：

我們是空心人
我們是填充人
倚靠一塊
腦袋塞滿禾草。悲哉！

奧瑟羅的腦袋當然不只有禾草，但他所有的想法，有關榮譽、正義、軍事、宗教、人文的觀念，全是橫向承襲自西方人：口中的靈魂是白人的靈魂，嚮往的天堂是白人的天堂。悲哉奧瑟羅，先是被作者以「漂白的黑人」形塑成英雄，後又被作者以「漂了半白、迷信巫術的黑人」形塑爲狗熊。作爲白人作者筆下的人物，奧瑟羅缺少了縱向歷史，缺少一口「過去之井」供給族人的集體記憶。他記不得祖先的故事，也聽不到祖先的故事，徒具六尺身軀，卻不如柏納德眼中的「侏儒」。

記憶中沒有巨人的侏儒彷彿立於墳丘的哈比人，目光所及盡是絲柏，及腳下的死亡。奧瑟羅情有可原，他從小失根，被迫寄居他鄉，其他的文化哈比人有什麼藉口？哈比國度的可悲在於它摒棄歷史、抹殺過去，在於它選擇不再被以前的故事騙了。

怒目回首，一片空白。

於是，它自創歷史，自編故事，但立基於墳塚的視野既不深邃，亦不遼闊。偏狹的哈比人特別激情，他們因偏狹而激情：逆我者，去死吧！他們編出的壞故事瀰漫著偏執、癱瘓、死亡的氣息。否定一則國族神話的同時，硬是塞給他人另一則國族神話，這其中的反諷大概是文化哈比人無法領略的。

如果人們——無論是集體或個人——勢必被故事矇騙，那只能冀望被好故事所騙。這個願望不難達成，因爲人與故事的角力，絕不像戴絲德蒙娜與奧瑟羅之間的不平等關係，人不是只有聽故事的分，不只是被動的聽故事，他不但能分辨故事的好壞，自己還是故事的創造者。舊派讀者常常把他們的角色設定爲戴絲德蒙娜，把莎士比亞視爲很會講故事的奧瑟羅，對他們而言，詮釋就是服膺文本，隱藏自我的好惡，逆來順受。殊不知，閱讀沒有主從的問題：詮釋是表演，讀者也是作家。

如同好讀者不甘淪爲戴絲德蒙娜之輩一樣，好作家也不會自比爲奧瑟羅，他們明瞭會說故事的先決條件是會聽故事。莎士比亞便是絕佳的例證，其戲劇作品裡的本事都是從別人那聽來的。

既喪失聽力，更喪失了說故事的能力——這恐怕是最糟的情境。恐怕，島嶼空心人正處於最糟。

殘酷喜劇

一場男愛女歡的喜劇竟奠基於體制暴力——這是哪門子的喜劇？

看到戀人快快走避，千萬不要聽到他們黏搭搭的情話，那對我們的耳朵是很殘酷的。假使在公園散步，不幸耳聞下面這段對話：

女：現在，我所有一切，連我這個人，都歸你了。屬於你所有。

男：小可人，你叫我一句話也說不出來了，只有我的熱血在我血管奔流，在向你高呼：我神志已經迷惘了。

不知閣下有何反應？敦厚人士或許會默默爲他們祝福，願天下有情人終成眷屬，一般人大概只覺得噁心，我偏激慣了，會衝動地規勸他們，要嘛輕聲細語，把嘔吐留給自己，要嘛找個房間把問題解決。

這段引自莎士比亞《威尼斯商人》（*The Merchant of Venice*）的對白，在舞台上被演繹出來時，可是風情萬種，不知迷倒了多少觀衆。生活與藝術，怎會有這麼大的落差？要是眞有個女人像劇中的波西亞（Portia）對我說：

恨煞你這雙勾人的眼睛！這兩道目光
攝住了我，把我分成對半；
半個我是你的，還有半個，還是你的——
我原是要說，這半個是屬於我自己的；
可是，屬於我的，那也就是屬於你的。
所以整個兒的我，都歸給了你啦。

我一定嫌她囉唆，咻的一聲，溜得比子彈還快。生活中，你儂我儂的情話最好是自己說、對方聽，讓旁人聽了只會被解讀爲荷爾蒙作祟。戲劇則不同，同樣是我泥中有你、你泥中有我的甜言蜜語對觀衆卻非常受用，他們讚嘆人物的機智巧思之餘，體內的荷爾蒙蠢蠢欲動，恨不得自己就是劇中人物。舞台與人生的分別似乎就是美感與殘酷的差異。

喜劇的殘酷

日常不能接受的事物經過藝術的轉化後變得羨煞人也：走在沙灘上看到一對戀人在做愛，我們心中很難不浮現「狗男女」三個字，但換成電影，天啊，簡直浪漫至極！藝術的境界莫非即在化不堪爲玄妙，化肉麻爲珠璣？

喜劇的出發點是殘酷，但它的終極目標和悲劇不同。悲劇殘酷到底，該死的必死，不該死的也活不了，喜劇則大事化小、小事化無，把生活裡不好笑的變成好笑，把我們平常受不了的人物變得可愛，該死的全活下來了。傳統的認知裡，悲劇優於喜劇，前者有大腦、不妥協，後者沒大腦、不蠻幹。除非人們打破悲喜劇的楚河漢界，或不再將靈肉分家，或體認到上下半身同等重要，否則喜劇在戲劇的寶箱裡將永遠被壓在最底。

細觀西方戲劇史，我們不需等到契可夫（Chekhov）或貝克特（Beckett）的時代，才領悟悲喜劇之間的分際原是學院論述的產物。姑且不提古希臘的尤里比底斯（Euripides），早在文藝復興時期，莎士比亞已嘗試拉近兩者的距離，模糊雙方的界限。在他的所有「喜劇」當中，《威尼斯商人》最不像喜劇。這齣戲暗流密布，彷佛一場未設安全網的高空走索秀，稍有不慎便粉身碎骨。它令人想起美國劇作家艾爾比（Edward Albee）所稱之「脆弱的平衡」（delicate balance），懸空擺盪於悲喜之間，迫使觀衆的情緒也跟著左偏右移，不知是可笑還是可悲。

或許，《威尼斯商人》爲一齣殘酷的喜劇，對人物殘酷，對觀衆更殘酷。

沒有一個好東西

威尼斯有個名爲巴薩紐（Bassanio）的紈褲子弟，爲了到貝爾蒙追求美麗多金的波西亞，行前與摯友安東尼（Antonio）索借盤纏，以便充闊。安東尼本爲巨賈，由於資金投注在幾批貨品上，手頭一時吃緊，卻跑到左鄰借鹽來借給右舍。他自告奮勇，爲巴薩紐作保，向專放高利貸的猶太人夏洛克（Shylock）借錢，附帶條件如下：若借款未於期限內全數償還，夏洛克得自保人身上剜下一磅肉。爾後，巴薩紐果然人財兩得，娶得波西亞，正樂得發昏時接到來自安東尼的噩耗：期限已到，夏洛克一狀告到威尼斯大公，非要他履行合約不可。巴薩紐即時趕到法庭，帶著老婆給他的錢，想加倍償還債務，請夏洛克得饒人處且饒人，偏偏後者意不在錢，執意要法庭強制執行合約內容。眼看安東尼性命不保，假扮成法學博士的波西亞有如天神降臨，適時化解危機，還明令夏洛克財產充公，並得改信基督教。

整齣戲的人物形塑完全符合喜劇的原則：沒有一個好東西。除了甘草人物言不及義、弄痴耍呆，提供不少笑料以外，幾個主要角色也不是好貨色。巴薩紐追求波西亞的動機可議，除了愛情，金錢爲一大因素。波西亞美麗慧黠，但有點矯作，且工於心計，對待非我族類（摩洛哥王子、阿拉剛王子及夏洛克）稍嫌刻薄。夏洛克也不是好東西，他視錢如命，將一切物化，更秉持「以眼還眼、以牙還牙」的信念對待旁人。至於安東尼，乍看之下好像是劇中唯一的善類，其實他是首席丑角。這傢伙行事仗義，出手闊綽，借朋友錢不收利息，似乎無剔可挑。但他對夏洛克的態度令人不敢恭維，屢次於公眾場合辱罵他，甚至吐他口水，只因夏洛克是猶太人，只因夏洛克搞地下錢莊，靠別人的急難致富。更令人不耐的是，安東尼喜歡擺出憂鬱小生的姿態：

說眞的，我眞不明白，爲的什麼
我這麼昏昏悶悶。我不明白，我眞愁——
你們說，看著這情景，叫你們也發愁；
可是我怎麼會跟它碰上了、搭上了、
拉上了關係；這愁悶，是怎麼個寶貨，
又是打哪兒冒出來的，還得研究；
這愁悶，可把我變成了一個呆子，
我傷透腦筋，還是弄不懂自己。

根據安東尼自己的說法，如果人生是舞台，他注定「扮的是苦人兒」。葛萊提亞諾（Gratiano）對他的批評可說是一針見血：

世界上有那麼一種人，緊繃著臉兒，
就像那紋絲不動、凝結了死水，
一勁兒不理人：這才好博得別人
讚一聲：多聰明、多穩重，莫測高深！
……
可請你千萬別拿「憂鬱」做釣餌，
去博取那世俗的虛名。

憂鬱是哈姆雷特的專利，安東尼東施效顰，彷彿誤闖喜劇的悲劇人物，獨有姿態卻無憂鬱的內涵。

表面看來，莎士比亞刻畫主要人物的心情是同情夾帶嘲諷、仁慈不忘殘酷，似乎沒有僭越喜劇的規範。

莎士比亞受審記

然而，對於莎翁給予夏洛克到底是同情多於殘酷，抑或殘酷多於仁慈，後人爭論不休。早期的詮釋很理所當然地把夏洛克當「惡人」來解釋，因此斷定這是一齣以安東尼、巴薩紐及波西亞為核心、關於友情與愛情的喜劇。晚近，尤其是二次大戰後，夏洛克——這位戲劇史上最有名的猶太人——終於獲得平反。一些學者、導演為這齣問題劇做出逆向解讀，把《威尼斯商人》視為一齣和種族歧視有關、以夏洛克為主的悲劇。

從被歸類為喜劇到被乾坤挪移成悲劇，《威尼斯商人》多舛的命運耐人尋味。進一步討論前，有必要釐清夏洛克「受難記」的情境。依法而言，一切對夏洛克有利，他大可不必理會威尼斯大公有關「情」的訴求，於理於法都有權從安東尼「貼緊心口」處剜下一磅肉。事情果眞如此發展，則這齣戲勢必演變成悲劇，安東尼成了仇恨的受害者。

喜劇之爲喜劇即在它不讓人失望，總會奇蹟般地化險爲夷，從這點來看，莎士比亞還眞是好萊塢電影的始祖。波西亞的及時出現是喜劇收場最古老的把戲：刀下留人！用得妙，觀衆鼓掌叫好；用得不妙，一片譁然。由波西亞來解圍這一招不可謂不妙，但其逆轉情境的方式至少有三點令人不安。首先，她女扮男裝假冒博士，在執行公道時已先犯法。或許，有人會勸我，喜劇嘛，何必如此苛求？然而，如果當代編劇運用類似手法讓正義得以伸張，這其中的反諷可是逃不過觀衆法眼的。再來，波西亞先對夏洛克講道，訴諸慈悲爲懷的心胸，於後對夏洛克的懲罰卻殘酷異常。針對這點，我們不得不問：如此的效果是營造了另一層反諷，還是表現出夏洛克罪有應得？最後，讓我們仔細檢驗波西亞使出的殺手鐧：其一，夏洛克可以剜一磅肉，但不准讓安東尼流一滴血，因爲契約只提到肉，沒提到血；其二，根據威尼斯法律的規定，「如查有異邦人企圖使用直接、或間接的手段，謀害我邦公民；他所有財產，半數應劃歸被企圖謀害的一方；其餘半數，當即沒收入公庫。」關於其一，文藝復興的觀衆大概會認爲莎士比亞神來一筆，對我而言根本是玩弄文字、強詞奪理，和告訴某人「你可呼吸但不能有氣」一樣荒謬至極。關於其二，我們只能說形勢比人強，體制比個人大，夏洛克注定被耍得傾家蕩產。

有個問題不該問，但大部分的學者都忍不住問了：莎士比亞站在哪一邊？不該問，因爲作者已死；忍不住，因爲這部戲過於曖昧，唯有作者現身說法，才能幫我們做出明智的判斷。以喜劇視之，大審判那場戲看起來像是「安東尼受審記」，其實是「夏洛克受審記」；以悲劇視之，隱藏在「夏洛克受審記」底下的卻是「體制受審記」。

左右爲難之際，學者慌了。

大部分試圖爲夏洛克平反的評家都有意無意地在從事一件勾當：他們眞正的用意是在爲莎士比亞平反，深怕再爭論下去會變成「莎士比亞受審記」，若大師獲判有罪，則將被冠上種族歧視的汙名。喬治・山普森（George Sampson），一位幼時看過《威尼斯商人》演出、爾後見聞納粹酷行的學者，如此寫著：「我認爲這個情節很適合希特勒——情節，我說，不是劇本。思考《威尼斯商人》，我們必須嚴格把劇情與劇本分開。莎士比亞把夏洛克提昇至情節之上。」

形式與內容無法分割，情節與劇本怎麼劃清界線？同樣也在爲莎士比亞開脫的多佛・威爾遜（Dover Wilson）是這麼寫的：「夏洛克是作者想像及智識的小孩，若假設作爲父親的莎士比亞，會把所有的同情交付給會吐口水的安東尼，那就荒謬了。」如此荒謬的推論不及格，顯然威爾遜沒聽過「大小眼」這個說法。

兩位學者雄辯背後的中心思想，用當代俚俗來說就是：莎士比亞不會凸槌的。

如果戲劇是撞球台，冠軍寶座非莎士比亞莫屬。

數字的考量

我常看撞球比賽，冠軍也有凸槌的時候。

莎士比亞是可受公評的，但批判的目的不是爲了揭瘡疤——「A—ha！老莎果然是沙豬，果然有種族情結！」——而是爲了測試美學品味及磨練論理能力。

若把創作高度技術化，結構只是單純的數字問題。每個想爲莎士比亞脫罪的學者，總不忘提醒讀者夏洛克被賦予多少人性，總不忘引用以下感人肺腑的心聲：

> 猶太人就沒有眼睛了嗎？猶太人就缺了手，短少了五官四肢，沒知覺、沒骨肉之情、沒血氣了嗎？猶太人不是同樣吃飯了嗎？挨了刀槍，同樣要受傷；同樣要害病，害了病，同樣要醫藥來調理；一年四季同樣地熬冷熬熱——跟基督徒有什麼不同？你們用針刺我們，我們不也要流血嗎？

嚴格估算，這種突然讓夏洛克有血有肉、不至淪爲猶太人樣板的台詞只出現一次。重點在於「突然」，因爲之前夏洛克尖嘴猴腮的德行已深植於觀衆的意識。且以夏洛克怎麼看安東尼爲例，一窺他不怎麼美麗的內在：

瞧他的神氣，多像個做賊心虛的
稅吏！我恨他，因爲他是個基督徒；
更爲了他不通人情，白白的把錢
借給人家，就把咱們在威尼斯
放貸這一行的利息給壓低了。
有朝一日，叫我抓住了他的辮子，
我可要痛痛快快，報這深仇宿怨。

絕大多時，夏洛克就是這麼令人討厭。安東尼既是君子，也是呆子，夏洛克則小人到底。對這小人而言，沒有任何事比錢財更重要，當獲知唯一骨肉跟男人跑了，夏洛克比較在意的是女兒偷走的珠寶：「一顆金剛鑽丟啦……我寧願看見我女兒死在我腳下，那些珠寶都掛在耳朵上，寧願看她入殮，那些金子銀子都放進她棺材裡！」

一段賦予人物同情的台詞，不足以解決結構傾斜的困境。一次的同情無法抵消數次的殘酷。第四幕結尾，夏洛克遭受千夫所指，到了第五幕，莎士比亞彷彿把這個棘手的角色給忘得一乾二淨。從傳統喜劇著眼，這個做法無可厚非，因爲通常把「惡人」幹掉之後，只需交代「好人」從此過著幸福快樂的日子便可收攤了。我們對於過分嚴苛的制裁無法釋懷，對於夏洛克被迫改信基督教更不敢置信，除非先認定夏洛克是大奸，不只是小惡；除非我們和文藝復興時代的觀衆一樣，是一群無反省能力的基督徒，否則在劇終看到三對情痴在那嘻嘻哈哈時，我們的意識怎麼可能不閃進夏洛克落寞潦倒的影像，怎麼可能不覺得最後的喜感好殘酷？

一場男愛女歡的喜劇竟奠基於體制暴力——這是哪門子的喜劇？「愛憎交加」（ambivalence）有時只是文學詮釋的遁辭：很多學者急於爲莎士比亞辯解，但在文本找不到足夠線索時，類似的術語就派上用場了。「莎士比亞對夏洛克的感情是愛憎交加，非常 ambivalent！」多麼世故而不負責的結論。如果《威尼斯商人》在希特勒時期的德國搬上舞台，導演縱使隻字不改，觀衆也會有心有戚戚焉的領受。要是換個時空，比如當今的以色列，導演若不在文本上動手腳，劇院就等著暴動吧。從以上兩極的例子不難發現，文本對夏洛克的確是憎遠多於愛——這一點再清楚不過，沒啥曖昧可言，因爲作者對夏洛克的殘酷已然超過了喜劇該有的極限。

若《威尼斯商人》稱不上是悲劇，我們似乎可以說它是一部殘酷喜劇。

在這齣殘酷喜劇裡，莎士比亞露了一手走索秀，雖沒粉身碎骨，卻也著實滑了一跤。

荊棘處處

當莎士比亞安排葛勞斯特在虛構的懸崖邊，
他同時將劇場所倚恃的幻覺效果推向險境。

女兒對我所編的劇本興趣缺缺，請她過目總是以課業繁重爲由一再推託，寧可偷閒閱讀《梅崗城的故事》，也從未想施捨老爸一點顏面，以致至今仍只看過我的劇本封面。她還有一項說詞：看演出就好了，不必讀劇本。「就是像你這種態度，」我佯裝動怒，藉機爲台灣劇作家請命，說，「台灣才沒有人買劇本，才沒有出版社要出劇本！」沒想她對我的假囟早已了然於胸，不甘示弱地回道：「爸鼻，哪天你寫得像莎士比亞一樣好，我自然會讀你的劇本。」莎士比亞都搬出來了，我還有什麼話說？

然而，女兒有個規定：凡劇作中出現十六歲以下的人物都需經過她官審御定。她認爲我老了，言談中不時流露出對年輕人的不屑，爲避免我丟臉，劇本送出前得先通過她這一關。

近日我正好編就了一部以青少年爲素材的電影腳本，請她於百忙中撥冗指教。閱畢，她以專家的口吻判決：

——不錯。

——謝謝，有你幫我背書，我放心多了。

——但是……

——但說無妨。

——主角爲什麼那麼有正義感？

——不……不爲什麼。

不爲什麼，它與生俱來。女兒不以爲然，認爲「一個人好壞總有原因，就像我好的遺傳自媽媽，壞的遺傳自你。」女兒的優缺點究竟遺傳自誰，我和太太十六年來仍無定論，因而懶得辯解也不想岔題，說：

——人的某些行爲無法解釋。

——怎麼會呢？比如說有人做了很多壞事還不知悔改，我們總是可以從家庭和社會環境來理解。

——當然可以，但也只是有限的理解。你有沒有想過，一個人的好壞可能是天生的？

——這樣人不是沒救了嗎，一生下來就只等著做好人或壞人？

——是沒救了。

——照你這麼說，「公民與道德」這種課程基本上是騙人的咯？

——基本上，是。

我才想把話題拉回到創作上，趁此對讀劇和觀戲的差別發抒高見，女兒已一溜煙跑到媽媽的書房嚷嚷道：「媽媽，爸鼻又在教我cynical了！」打女兒三歲起，我就開始灌輸她健康的犬儒主義。這個自我研發的處世信念以「反」爲主旋律——反天眞、反溫情、反節慶、反「中秋節一定得吃月餅」——是以太太從她四歲開始便反對我跟她談人性與人生，換句話說，就是不准我跟她談任何嚴肅的話題。

失敗的偉大之作？

女兒走開後，她的疑問還沒走：主角爲什麼那麼有正義感？默思良久，我從自己的劇本，聯想到莎士比亞的《李爾王》（*King Lear*）。

我曾幻想，如果被迫流落荒島而身上只能有一本書作伴，我會選《莎士比亞全集》（能在外套裡夾帶英文字典當然更好），但若必須在莎翁的三十八部劇作擇其一，我就不知所以了。關於這點，二十世紀初期最重要的莎學大家布萊德利（A. C. Bradley）直言不諱：若遭天災人禍、詛咒降臨，我們只能保存一部莎劇，它最好是《李爾王》。在他眼裡，《李爾王》是莎翁最偉大的作品，其格局之恢弘、想像之無邊足與但丁的《神曲》媲美。然而，布萊德利同時承認，《李爾王》的戲劇手法破綻百出，此正足以說明四大悲劇當中，《李爾王》被搬演的頻率遠低於其他三齣，從復辟時期算起之一百五十年內，它幾乎消失於英國的舞台。

據此，布萊德利給了《李爾王》一個弔詭的評價：一齣既失敗又偉大的悲劇。

一部失敗的作品如何偉大，偉大又怎會失敗？《李爾王》荊棘密布，一則合乎戲劇創作的常規，另一方面卻將常規推向懸崖邊，搖搖欲墜，好不危險。就戲劇效果而言，這齣戲堪稱劇力萬鈞，但其布局上的種種瑕疵卻不禁讓人質疑莎翁懂不懂「編劇ABC」：艾德蒙（Edmond）陷害哥哥埃德格（Edgar）的伎倆太過拙劣，而他父親葛勞斯特（Gloucester）伯爵又太容易上當；易容後的埃德格照顧失明的父親，始終未表明身分，令人不解；失明的葛勞斯特竟然認不出兒子的聲音，更不合理（目盲者的聽力不都是很好的嗎？）；肯特（Kent）伯爵一再解釋，之所以易容是爲完成一項任務，最後卻不了了之，作者似乎把那任務給忘了；康瓦（Cornwall）公爵被僕人刺殺身亡，死得太過突然，且那正義之僕的出現毫無伏筆；第五幕那場戰爭可有可無，於結構上發揮不了多大的效用；原先分量吃重的葛勞斯特伯爵和弄臣（Fool）兩人，到了劇尾幾乎淡出，他們死亡的音訊只被一語帶過……。

彷彿一名工匠，走不出自己設計的迷宮；彷彿一名漁夫，拉不回自己拋出的網，莎士比亞到最後只能賴皮，撒手不管了。嘗謂：莎士比亞精彩處在於他既能滿足八點檔的品味，且能於通俗的架構注入上乘的詩思。事實上，「高眉」與「低眉」兩者之間並不如想像中相輔相成，而是相互抵斥。《李爾王》一方面刻意營造峰迴路轉的複雜劇情，另一方面又抵擋不住「詩的衝動」，導致整齣戲的格調時高時低，一會兒緊湊、一會兒鬆垮，忽而拘泥小節、忽而大而化之，魚與熊掌無法得兼。

李爾這個人

《李爾王》開場完全符合電視連續劇及好萊塢電影的要求。嚴肅的戲劇可以整齣「沒事發生」，如契可夫的《櫻桃園》或貝克特的《等待果陀》，商業劇本則萬萬不行，非但要有事發生，而且得很早就發生。公式化的好萊塢電影裡，開場三到五分鐘內，觀眾便已知衝突之所在、好人壞人是誰；電視劇更緊張，單是首集便已慘絕人寰：有哭有笑，有下跪，還有上吊。《李爾王》在這方面毫不遜色，主人翁一登台便如暴風過境般席捲整個舞台，撼動全面局勢：李爾王放棄皇冠、把國家一分爲三、與最疼愛的么女科蒂莉雅（Cordelia）決裂、將最忠心的老臣肯特逐出國土。

眞個是前無古人、後無來者，效率之高讓其他悲劇望塵莫及。問題來了：有關李爾爲何如此昏昧決絕，文本吝於提供線索。若說李爾年邁，退化成肆意妄爲的頑童，則只能用「老蕃癲」來形容他，然而作爲人物性格的特徵，「老蕃癲」是撐不起悲劇英雄的。李爾總得有個可取之處，至於如何可取則涉及到本劇的第一處荊棘。

大部分學者認爲李爾最大的罪過在於將國土三分，爲日後的內亂種下禍根——李爾活該，怨不得人也——卻很少有人從制度面來爲老王設想。李爾別無選擇：如果生前不分家業，死後任其自然發展，恐怕這個帝國也不會有較好的下場；如果把國家全盤託付給善良的科蒂莉雅一人，則邪惡的高納麗（Goneril）和瑞根（Regan）絕不會善罷甘休，姊妹鬩牆在所難免。因此，怪不得李爾，無論他做出什麼決定，國家大亂是遲早的結局。追根究底，李爾的難題就是沒有兒子，生不出個小李爾。從這個角度來看，李爾三分國土的做法不失爲明智的權宜之計，之所以出了差池，是因爲虛榮的李爾要三個女兒當衆表白她們對父親的敬愛，卻偏巧遇上不近人情的科蒂莉雅，拗彆著不願滿足垂暮老人的虛榮。震怒之下，李爾與么女脫離父子關係，並把她的三分之一分撥給了兩位姊姊，不但使自己頓失頤養天年的庇護所，更加速了權力結構的崩解。如此看來，李爾還眞的有點「老蕃癲」。

李爾到底是什麼樣的人物？乍看之下，這個國王一無是處，他虛榮、易怒、暴躁、耳背、輕妄、決絕……所有老人家可能患的毛病他全包了。且看他如何處置忠臣肯特：

寡人給你五天時間收拾衣物，
抵禦世間饑寒的侵襲，
而在第六天你那令朕痛恨的身軀

必須離開這片土地。要是在第十天
寡人還在本國領域找到你的蹤影，
那就是你的死期來臨。

再聽他如何詛咒不孝的高納麗：

聽吧，蒼天！天上的神明請聽我講：
假如你們要這個賤人生兒育女，
趕快改變你們的主意吧。
取消她那生殖的能力，
萎縮她那繁殖的器官，
使她下賤的肉體永遠無法
生產嬰兒增添光彩。假如她必須生產，
使她孩子忤逆乖張，在生之時

可以活活把母親氣死。

如此昏庸，如此口不遮攔，李爾到底有什麼優點？或者這麼問：莎士比亞何時才要我們感受到李爾的好？如果轉捩點非得等到第三幕暴風雨那場戲，恐怕為時晚矣；如果分水嶺是第五幕李爾和愛女科蒂莉雅被捕之後的親子時刻，不啻是馬後砲。不可能，聰慧如莎翁不可能犯此錯誤，他從開始就有意讓我們感受到李爾這個人的「偉大」。

於是，他亮出了「詩的執照」，運用每位作家該有的妄膽。

寫作的妄膽

一位美國作家曾說，寫作是自欺欺人的行當，作家必須臉皮厚（audacious），相信他寫的東西值得寫、值得讀：從事寫作的必備條件就是妄膽。然而，有人的厚臉皮每使他遭受退稿的待遇，另一人的厚臉皮卻為他苟得個「作家」的頭銜，際遇天地之別，所秉持的妄膽竟是一樣。「我有話要說，大家都想聽我說」，e世代即屬前者的氾濫成災，但這可不意味所謂的「作家」就妄膽有理，他們也有濫用厚臉皮的時候，把冷飯當佳餚呈給讀者，以爲信筆敷衍便成奇文共賞。

提筆需要妄膽，下筆更不可或缺。

「人天生如此」——此爲《李爾王》最大膽的假設。莎士比亞不必多花篇幅解釋李爾爲何糊塗、爲何動輒鬧脾氣像個三歲小孩：李爾就是這樣。然而，這個假設的背後還有個更妄膽的假設：李爾是國王，他的諸多缺點如虛榮、易怒、暴躁、耳背、輕妄、決絕等等絕非一般。他發的脾氣是royal wrath，風雨不敢沒有呼應；所下的咒誓是royal curse，神諭也不過如此；所犯的錯誤是royal mistake，禍延宇宙大序。是以，李爾王的好，在前置作業便已設定，無須贅解。他的尊貴、威嚴、大器、智慧、慈善等等不用明說，這些妄膽的留白——其實就是《李爾王前傳》——觀眾會自動幫忙塡補。

這麼說來，編劇似乎人人可爲，只需具備妄膽，能混就混，搞不懂的就避開，還有什麼不能克服的難題？然而，常爲新手忽略的一點是，妄膽的出發點一半是謙卑——作家自認不是神，無法解釋每一個現象，而另一半，也是更重要的，是整體考量：作家從全面布局的視角來決定什麼可略而不提、什麼需要鋪陳著墨。

除了李爾王的個性令人費解外，其他關鍵人物的言行也屢屢令人咋舌。科蒂莉雅毫無保留的誠實已到達駭人的程度——當李爾要她表白對父親的孝心時，她竟說不出半句體己話，因爲「有朝一日我若開開心心成婚，我會向我託付終生的夫君獻出一半的愛心。」科蒂莉雅的確是善良得可以，但她有必要如此倔強，傷透老爸的心嗎？再來，高納麗和瑞根兩姊妹的殘暴已超乎常情，前者迫使老爸流落荒郊野外以致發瘋，後者慫恿丈夫挖掉葛勞斯特伯爵的雙眼。如此極善極惡的並置，灰色地帶的空間呢？非黑即白的人性觀、世界觀乃創作之大忌，高明如莎翁怎會犯此錯誤？

假設我們認同布萊德利的建議，將《李爾王》視爲一部「道德劇」（mystery play，中世紀劇種之一），以上的疑難似乎都可迎刃而解。然而它終究比一般的「道德劇」陰沉許多，即便代表黑暗的人物全不得善終，即便正義在劇末得以伸張，烙印在觀衆意識裡的不是「邪不勝正」，而是邪惡如暴風般的摧毀力量。許是作者把故事說得如此慘烈，是爲了放大展示那個慘烈，讓觀衆感到噁心作嘔之餘，不禁自問：人可能這麼邪惡嗎？

人可能這麼邪惡嗎？這個問題有點多餘，因爲《李爾王》所呈現的是歷史之必然，換言之，就是衰敗之必然——個體身心之頹壞、倫理綱常之分崩離析、天道仁義之蕩然無存——經此一悟，諸如「人怎麼會這麼壞」或「人怎麼會這麼無恥」一類的喟嘆便顯得天眞而不經世了。

布萊德利根據作品基調與內容猜測，莎士比亞在寫作《李爾王》前後數年間，正面臨人生的低潮，「不是個快樂的人，甚至很可能感受到強烈的憂鬱、苦澀、輕蔑、憤怒、甚或嫌憎和絕望。」

沒想到，一向悲天憫人的莎士比亞也難得有cynical的時候。

屬於劇場的無解題

一部天馬行空的劇本，如果只是擱在案頭閱讀倒也無妨，然則一旦涉及演出便荊棘處處。

第四幕第六場葛勞斯特伯爵的「自殺」一景爲《李爾王》全劇最感人的時刻，其悲愴的程度著實把李爾王的死給比了下去。當時，身心俱疲的葛勞斯特伯爵有意尋短，要化身爲「湯姆」的埃德格領路，帶他到一座懸崖。可想而知，做兒子的總不能成爲父親自殺的推手，埃德格於是心生一計，把目盲的葛勞斯特引領至鄉間平地，卻生動地爲老人描述懸崖上的風景：

來吧，先生，就是這個地方，您站好。
朝下望去，眞是驚心眩目！
半空盤旋的烏鴉和紅腳烏

看起來衹有甲蟲般大，半山腰
懸著一個採金花草的人，眞是可怕的工作！
我看他跟眞正的頭一般大小。
漁夫沙灘上走來走去
像小鼠一般，而那碇泊的大船似乎
縮成一隻小舢舨，那舢舨又像個浮標，
……我不能再看
否則眼睛一花，我恐怕會
一頭往下栽。

葛勞斯特不疑有他，縱身一躍，卻沒料到只跌了個滿頭包。老人家莫名所以、茫然得不可開交，埃德格忙解釋道：「你的生命是個奇蹟。」就這樣，葛勞斯特奇蹟般找回了求生意志：「今後我會忍受痛苦，直到痛苦自己喊說『夠了！夠了！』。」

夠了！一定會有觀衆說，鬼才相信！

人物往下墜，詩意向上飛。在紙上，這詩的跳躍有如神來一筆，一切由語言完成；埃德格想要朦騙葛勞斯特的同時，莎士比亞也企圖矇騙讀者。但在舞台上，麻煩來了：導演必須苦思呈現的方式才能取信於劇場裡的觀衆。平面沒問題的，換成立體不一定行得通，此爲戲劇最棘手的地方。亞里斯多德所強調的「可能性」（probability）爲很好的編劇準則，但有時更像緊箍咒。假使劇作家都很聽話，固守或然率，西方戲劇必定乏善可陳，所幸有莎士比亞這樣不聽話的叛徒，不時將那個法則拉扯至撕裂邊緣，拓展戲劇新的可能。當莎士比亞安排葛勞斯特在虛構的懸崖邊，他同時將劇場所倚恃的幻覺效果推向險境。葛勞斯特不過是向前仆地卻堅信自己跌落山谷——這一險招可說是將劇場的想像魔力發揮到極致，但難保所有的觀衆會吃這套，總會有人大聲疾呼：「太扯了，不可能！」

現代主義詩人艾略特（T. S. Eliot）就是其中一個，他認爲文藝復興戲劇最爲人詬病之處，就是一方面講究擬眞（凡事必須在可能發生的範疇內），另一方面卻又抵擋不住戲劇性（theatricality，達到戲劇效果的手段）的誘惑。魚與熊掌可否兼得？對曾寫過詩劇的艾略特而言，總得犧牲其一，而割捨的最好是戲劇性：以迂迴、冷峻風格見長的艾略特該是受不了粗糙躁進、語不驚人死不休的劇場手法。不信者恆不信，葛勞斯特這一跳是白跳了。

這可不是單純的個人品味問題，艾略特的埋怨多少反應了時代的心聲，因爲到了二次大戰後，已絕少有西方劇作家敢讓人物原地跳躍了。尤有甚者，晚近的戲劇更是魚與熊掌皆可去：既去寫實，亦去戲劇性。

口味由濃轉淡顯然是西方戲劇發展的走向。

我們可否以如今之淡非議昔日之濃？可以的，在某種程度上。莎士比亞的品味到底不是我們時代的品味，有疙瘩就是有疙瘩，大可不必視而不見。必須承認，我們可是經歷過荒謬劇場洗禮的一代：伊爾涅斯柯（Ionesco）「戲劇不可信」及貝克特（Beckett）「戲劇已死」的論調，在在影響了我們看待戲劇、忖度人生的視角。然而，不相信作戲，受不了做作，就能讓我們更貼近眞實一點嗎？

少了天眞勢必多了犬儒，卻不保證更添智慧。犬儒的我們畢竟是羨慕莎士比亞的，因爲他生活並創作在相信戲劇、相信作假的純眞年代。正因爲他相信魚與熊掌可以兼得，並試圖在擬眞與戲劇性之間取得平衡，才能寫出《李爾王》這齣失敗的偉大之作。

一切都合乎常情、忠於邏輯，這樣的戲劇何其無聊。

戲劇，少了荊棘，總是少了點什麼。

美麗的錯覺

「玫瑰」不可能只是玫瑰，「羅密歐」也不會只是羅密歐，說它是人們對語言反應的宿命也無妨。

發生在人們身上的大事，哪時該歸咎命運，哪時該界定是人爲，極難區分。喜事臨門時，略知謙卑或深怕福分倏忽成空的人總將其居功於運氣，儘管暗自以爲資質與勤奮才是成功的祕訣，口頭上不敢不稱謝命運女神的眷顧。然而悲劇一旦發生，絕少有人會將一切罪過往自己身上攬——「都是我的錯，尤天不得」——總是有意無意、局部或全部怪罪命運：造化弄人。

命運可以是很可怕的超自然現象。美國詩人佛洛斯特（Robert Frost）筆下一首短詩〈設計〉（*Design*），描寫敘述者於清晨漫步中目睹了殺戮場景：白樹上有隻白斑蜘蛛正啃噬著白飛蛾，於是自問，是什麼樣的黑色幽默將這隻背上繪著白色酒渦、彷彿在訕笑的蜘蛛引導至這棵具療效的白樹上，又是什麼力量讓可憐的飛蛾恰巧來此赴死：如果命運連如此細微末節都不放過，則這黑暗的設計怎能不讓人驚心？

反過來說，命運也可能只是一句口頭禪，弱者的藉口。「一切都是命！」——一語彷彿暗示著說話者洞察了人生的奧祕，然則聽多了卻只讓人感覺輕浮膚淺。

但誰又敢鐵口直斷、不帶半點心虛地說，一切不是命？

命耶，非耶？

每當事情的發展拂逆己意時，《羅密歐與朱麗葉》（*Romeo and Juliet*）裡的人物總是喟嘆造化弄人：

唉，命運把我玩弄得好苦呀！

你，你害人，你恨人，折磨人，你殺人，
拿好人做犧牲；你這命運，好殘忍！

眞有這樣的事？那麼命運啊，
來跟我較量吧！

作弄人的命運啊！

把你的手給我吧，你和我，名字都寫進
命運的黑名單上！

我這厭倦了人世的肉體就從此
擺脫了那跟人敵對的命運的捉弄。

要有耐性。事關天意，只能認命。

正因爲關於命運的指涉俯拾即是，不少學者認爲這是一齣具自由意志的人們與惡意的命運對搏的戲碼：

你可以把《羅密歐與朱麗葉》稱作又一個命運的悲劇；可是要看到，男女主人公已不完全聽憑命運的擺布了。不再是聽憑擺布，而是人試圖憑自身的智慧和意志跟命運對抗。經過一場驚心動魄的搏鬥，人雖失敗了，但是這一對爲情而生、爲情而死的戀人，他們所堅持的「愛情」的價值觀，卻沒有被命運所摧毀……正因爲出現了「命運」這個不露面的角色，這一千古絕唱的愛情的悲劇更添上了可歌可泣的悲壯。

如此的見解反應了一個普及而未經仔細檢驗的概念：意志與命運的二元對立。西方有一派哲學家認爲宿命論與意志論根本是互不相容（incompatible）的概念：若命運眞的存在，則一切會發生的早已設定，人類所謂的自由意志只是幻覺，因爲「自由意志」驅使下的種種行爲無一不在完成既定的命運。如此一來，意志充其量只是命運的產物。

倒過來看，命運也可能僅是意志的產物，它是人類愚行的待罪羔羊。當結果違逆意志時，命運才會被置於意志的對立面，一輩子一帆風順的人絕不會高呼「事與願違」，如果眞有這種笨人，我們只能說他活得不耐煩了。爲了將悲劇提昇至「雄渾的」（sublime）層次，人們總是會把「命運」牽扯進來。《羅密歐與朱麗葉》的劇中人就是如此慣性思考，而很多學者也順水推舟：一切都是不懷好意命運從中作梗。其實，羅密歐可以不愛上仇家的女兒朱麗葉，朱麗葉也可知難而退；羅密歐可以不殺死朱麗葉的親戚；朱麗葉可以不服藥佯死，而看到香消玉殞的朱麗葉，羅密歐也可以不選擇共赴黃泉……我們千萬別忘記另一號人物，那就是自作聰明的勞倫斯神父（Friar Lawrence），他才是悲劇的始作俑者。第一幕，神父於園圃採集藥草時如此自道：

這世上哪有一物，一身都是惡？——
對人對世，它總有用處；
哪怕是盡善盡美，使用沒分寸，
「善」就會變質，喪失它的本性。
「善」成了「惡」，如果漫無節制地濫用；

掌握得好，「惡」也能爲人們立功。

言下之意，世上沒有什麼是絕對的，一切端賴人們的智慧。然而一旦悲劇發生，神父居然對痛不欲生的朱麗葉說：

有千鈞重的力量，我們可沒法對抗，把我們安排好的都打亂了。

這兩行字使他以善爲名的惡行瞬時湮滅，責任撇清得一乾二淨。

從命運到機緣

成功屬於人，失敗歸給天。天底下竟有這等便宜事！

論及《羅密歐與朱麗葉》，一些學者難免聯想到《伊底帕斯》，認爲從古希臘到文藝復興時期，「命運弄人」一直是西方文學作品中一個「永恆的悲劇性主題」。伊底帕斯的悲劇是，在他尚未出生之前命運早已昭示於星象中，如同鏤刻於石板的字跡，改不了了，至於他所執行的意志不過是反諷地履行那個他刻意迴避的前定身世。相形之下，在《羅密歐與朱麗葉》的世界裡，一切爲未定之數，我們只看到劇中人物一意孤行，到頭來卻怪罪起命運。其實，「命運」這個主題並不永恆，因爲到了莎士比亞的時代，人們受到日趨世俗化的影響，不再思索虛幻渺遠的命運（fate），轉而討論同樣令人捉摸不定的機緣（fortune 或 chance）。先前摘錄的七句對白裡，原文的關鍵字眼分別是「fortune's fool」、「uncomfortable time」（意指時機不對）、「stars」、「unhappy fortune」、「misfortune」、「inauspicious star」、「work of heaven」，而無一處出現「fate」這個字，但在一般中譯的版本裡，卻一律譯爲「命運」，實有誤導之嫌。

儘管譯文未必妥貼，劇中人物屢屢抱怨時運不濟倒是事實。可以這麼說，《羅密歐與朱麗葉》呈現了一堆不負責任的人，他們一方面擺脫了宿命論的束縛，縱情揮灑自由意志，另一方面卻在厄運降臨時賴皮地將不幸歸咎於無常的機緣。文藝復興時期盛行的人文主義認爲人是自己的主宰，爲西方個人主義奠定了根深蒂固的基礎。新歷史主義學者葛林布萊特（Stephen Greenblatt）認爲，那是個積極「自我形塑」（self-fashioning）的年代：「我們能做的最簡單的觀察是，十六世紀的人們愈來愈自我意識到身分認同的形塑是一個可駕馭且富藝術性的過程。」雖然這位崇尚唯物史觀的哈佛教授進一步指出，當時人們所堅信的自給自足的主體（autonomous subject）實屬幻覺——都鐸王朝的作家從摩爾（More）、史賓賽（Spencer）到馬婁（Christopher Marlow）、莎士比亞，都同時受限於所屬時空的物質條件及意識形態——但我們不能忽視幻覺的巨大能量。正如左派學者詹明信（Frederic Jameson）於論及後現代主義時所言，擁有幻覺的時代與幻覺破滅的時代會各自走出不同的歷史途徑：一個歌頌主體的社會，它對於未來的視野，自然和一個相信主體已死的社會有極大的差異。

換言之，沒有美麗的幻覺就沒有文藝復興。反觀後現代主義，這個立誓打破一切幻覺的思潮，除了證明這個志向本身就是幻覺外，到底成就了什麼樣的文化？

機械寫作

很多人隱隱覺得但不願承認，莎士比亞的寫作技法有其機械性的一面。這位大師從來不會放過炫耀文采的機會，只要某個人物提到某個概念——如生命、死亡、愛情、榮譽、意志等等，我們便可以期待另一位人物對那件事提出冗長的論述。撇開日常生活不提，所有的作家面對寫作時多少都受到強迫症（obsessive compulsive disorder）的驅使，莎士比亞所患的精神官能症則是：滔滔不絕。他的人物很多話，即便是理當木訥、不善辭令、腦袋空空的角色也同樣呶呶不休。第一幕第四場，牟克休（Mercutio）告訴羅密歐他做的夢：

我呀，夢見了麥布女王跟你做了伴，
她是仙女的接生婆，看，她來啦，
小小的身子，比起大爺戴在

食指上的瑪瑙戒指大不了多少，
一對螞蟻似的小馬，拖著她的車
滾過了正自好睡的男人們的鼻梁；
她那輛馬車，用硬果的空殼做成——
松鼠做木匠，蟲子來咬孔——牠們是，
早已記不清年代了。小仙人的馬車匠。

如果他就此打住也就罷了，偏偏他這段與情節不太相關的敘述洋洋灑灑說了四十九行，要不是羅密歐體諒觀眾的耳朵制止他——「得啦，得啦，牟克休，少說幾句吧，淨說些廢話。」——他可能還囉唆個沒完。究竟是羅密歐覺察到牟克休通篇廢話，還是莎士比亞意識到自己毫無節制？是這些人物愛上了他們的語言，抑或莎士比亞愛上了自己源源不絕的想像力？人物的耽溺與作者的耽溺，兩者的界線誰分得清楚？

莎翁駕馭文字的功力沒人敢懷疑，但有必要無時無刻找機會賣弄嗎？或可換個角度問：莎士比亞在焦慮什麼？

普洛米修斯的那把火

莎士比亞的焦慮就是我們的焦慮。

文藝復興時代的人有令我們欽羨的地方，他們相信自我是可以雕琢的，而文字就是一把去蕪存菁的雕刻刀；他們相信自我活像是一個不假外力、自由運行的球體，而文字的作用就是撥開雲霧，讓球體發光發熱。掌握了語言就掌握了自我，摸清自我的底細自然就能駕馭周遭的事物。他們對文字無比的熱情與深深的信賴造就了文藝復興的文化成就。這種熱情多少有點一廂情願，因爲文字其實非常狡猾，然正因爲他們極少懷疑語言，語言也極少讓他們失望。相形之下，才跬步踏進廿一世紀的當代人，一會兒感嘆文字不敷使用，一會兒抱怨文字阻礙溝通，對語言失望的同時也終究讓語言失望了：不尊敬語言、懶得咬文嚼字而隨口胡說的結果，是嚴重的失語症。

文字之美，在莎士比亞的年代，意指的不僅是舌燦蓮花、言雕語鏤，也不僅是雋永深遠或如魔法般死話活說。文字之所以美是因爲它承載了眞理、凝固了瞬間的思緒、捕捉了深層的情感，是人類內心的照明設備，宛如普洛米修斯盜竊的那把火。依此，我不但能理解文豪對文字理所當然的執著，且殷切渴盼分享他的熱情，倘若有幸在夢中和他奇遇，我將不恥乞討，像個小賊般向大盜跪求：「分一杯羹吧！」

玫瑰不是玫瑰

莎士比亞的焦慮不難體會。他希望的不外是化無形的思考爲有形，恨不得用這個發光體無一不漏地照亮幽暗心靈的每個角落。劇本爲證，他成功多於失敗，神來一筆每每讓人產生錯覺，以爲他的詞彙是從天上摘來的。且容我們欣賞一段朱麗葉等著奶媽回來通風報信時的獨白：

九點一到，我就差奶媽出去了；
半個鐘頭，她說，馬上回來。
莫非她沒找到他——不可能。
簡直是個瘸子！戀人的信差應該是思想，
滑行的速度比那將陰影
驅離山丘的陽光快上十倍。

於此，戀人等待的不安讓莎士比亞給寫足了。更妙的地方在於，朱麗葉的焦慮卻為讀者或觀衆的意識帶來昇華的契機，他們似可領略過去苦嚐等待的齷齪感竟可以是這般的詩的境界。

第二幕第二場，朱麗葉在與羅密歐樓台會之前，有一段關於姓名的獨白：

羅密歐，羅密歐啊，爲什麼你要叫羅密歐？
不認你的父親，也不要姓你的姓！

也許你不願意？只消你發個誓：你愛我；
那我從此不做卡普萊家的人。
……
不過是你的姓才成了我的仇人，
你即使不姓蒙太古，你還是你，
「蒙太古」算什麼呢？又不是手，不是腳，
又不是胳膊，不是臉，又不是人身上的
四肢百節……換一個別的姓吧！
姓名又算什麼呢？我們叫做玫瑰的，
不叫它玫瑰，聞著它不也一樣香？

What's in a name? 名字算什麼，暗藏什麼玄機？在一個相信文字的年代，名字是宿命，可被誤以爲是一個人靈肉的總和。羅密歐的一切和他的姓氏「蒙太古」（Montague）糾葛不清，就如同朱麗葉和「卡普萊」（Capulet）脫離不了干係一樣。改變姓名就扭轉命運——如今還很多人相信這套。無論我們如何犬儒地看待語言，如何竭盡所能地揭開語言神祕的外衣，它對我們如巫術般的蠱惑卻未見稍歇。

廿世紀美國文壇鬼才史坦恩（Gertrude Stein）曾寫道「玫瑰是玫瑰是玫瑰是玫瑰」（Rose is a rose is a rose is a rose.）。這位前衛作家認為，浪漫主義當道時，文字和它的指涉物件有直接關聯，當詩人提到「玫瑰」，讀者便會想到日常生活裡的玫瑰，然而浪漫主義過後，讀者通常會聯想到其他周邊的意涵如美麗、愛情、浪漫、春宵，而忽略了具象活現的玫瑰。因此，她很自豪地說，「玫瑰是玫瑰是玫瑰是玫瑰」這句話是近百年來英詩史上第一次讓玫瑰紅起來的創舉。

史坦恩想達成的無非是打破美麗的錯覺，卻不啻是文學上的詭辯。無能製造幻象的文字，若它眞的存在，是何等枯燥乏味。「玫瑰」不可能只是玫瑰，「羅密歐」也不會只是羅密歐，說它是人們對語言反應的宿命也無妨。

莎士比亞打麻將

「要打，還是不打，真是個問題。」

常常夢見自己打麻將，然而夢見自己以全知的視野觀摩幾位戲劇大師沉湎於方城之戰，卻是前所未有。

有些夢即醒即逝，有些夢值得拼湊重組，細細推敲，而我這個夢嘛，不記下來未免怠忽職守。

人人都應以「解夢者」自居，一則爲觀照潛意識的告白，探察幽微的內在，一則不至輕忽夢境的昭示。有的昭示實屬無稽，好像一場煙霧，正如卜洛克（Lawrence Block）筆下的偵探馬修・史卡德所說：「有時候夢只是一根雪茄而已。」有的昭示蘊藏意義，意義可小可大，小者涉及欲語還羞的慾望，大者關乎一生的縮影。

我這個夢活像一齣現代戲劇奇幻之旅。

時間：暴風過境。

場景：閣樓。

人物：莎士比亞、易卜生、貝克特、契可夫。

戲劇動作：方城之戰。

大師的排場

四位都是對風吹草動過度敏感的劇作家，念及來時足下的殘花，瞥睹窗外的敗柳，搓牌時竟不約而同地嘆了一口氣。

感時花濺淚，恨別鳥驚心。所有的作家似乎都患了時節過敏症：外在事物呼應著內在心思，自然景象對映著人倫綱紀。這個症狀或眞或假，對眞正相信這套的作家而言，太陽不只是太陽，它或是生命的泉源，或是地獄的油鍋，寒冬裡的花朵不只是單純的自然現象，既是死中有生，亦爲生中有死。總之，什麼都是象徵。如果每個意象至少有兩個層面的寓意，這些有自虐傾向的可憐蟲往往朝負面的那方解讀。於是，他們無論如何就是快樂不起來，連清澈蒼穹或綠嫩枝枒都看不順眼，認爲這些美景不過是迷離心境或肉體凋零的反諷罷了。

這種神經質，也就是所謂「作家的詛咒」（the writer's curse），我敢說，是與生俱來的。偏巧就是有一些原本具備快樂基因的半吊子，誤以爲「不快樂」是深度的代名詞，以爲「憂鬱」是作家必配的勳章，颱風過境時心想的其實是「希望明天放假」，提起筆來就是有本事把山雨欲來放大成「台灣即將完蛋」的啓示錄。然而，將自然和精神混爲一談已是數千年來的成習，作家到底是眞敏感還是假惺惺已難以辨識了。

四個玩家裡，莎士比亞最愛扯到風雨，曾寫過一部傑作，劇名沒啥創意，就叫《暴風雨》。易卜生也很直接，曾在《群鬼》劇末安排絕望的主人公呼喚著：「陽光！陽光！」貝克特性喜慘烈路線，別看《等待果陀》表面上無風無雨，那可是個浩劫餘生的世界。含蓄的契可夫雖也觸景生情，卻寧走反拍，只爲《海鷗》安排了秋風細雨，所謂雷聲大、雨點小大概就是他所要的境界。這四人只爲區區颱風嘆氣，在歷經無數天災人禍、習於將人禍與天災混爲一談的台灣人眼裡，只能說他們沒見過世面。

因爲分量夠，四位大師身後各站一名僕役，隨時準備上菸奉茶，氣派直追張狂於大陸的台商，打高爾夫有球僮，打麻將有牌傭。

紅顏薄命的奧菲莉雅（Ophelia）專侍莎士比亞，她情路坎坷，男友哈姆雷特（Hamlet）雖貴爲王子，但這負心漢一心報殺父之仇，於衆人面前裝瘋賣傻也就罷了，對她也不講眞話，搞到最後裝瘋的沒瘋，她反倒先瘋了。佇在老莎身後，心神不寧的奧菲莉雅囈語不休，搞得其他三人心神不寧，老以爲她在跟主人打暗號。易卜生帶來的女僕叫娜拉（Nora），她拋夫棄子，放著少奶奶的日子不過，出門追尋自我成長的崇高理想，哪曉得自我找不著，工作也沒下落，只好暫時爲作家幫傭。娜拉心中甚是不平，每回爲易卜生跑腿，進出斗室時總是將門奮力一關，出去「碰」的一聲，回來也是「碰」的一聲，搞得四位大爺想吃牌時總得猶豫再三，深怕有人眞的喊「碰」。契可夫的丫鬟叫妮娜，綽號就叫「海鷗」，原爲小劇場演員，因才氣有限，從外百老匯演到外外百老匯，再從外外百老匯，演到外外之外，混將不下之際，契可夫對她說：「既然資質平庸，就來幫傭吧。」雖然覺得笑話很冷，妮娜委實退無可退，只能應允，從此成了麻將間的折翼鳥。萬紅叢中一點綠，四個僕人裡只有「幸運」（Lucky）爲男子，是貝克特的奴才。「幸運」天生一張苦瓜臉，一輩子和運氣沾不上邊，這傢伙嗜睡如命，站著也能打盹，貝克特只好搞來一根繩索，一端打了個吊人環圈住他頸項，另一端緊握於手，有事吩咐或想吃雞腿時，只消用力將他扯醒。

好牌搭不易尋

四人裡屬莎士比亞年紀最大，虛長其他人兩百五十餘歲。莎翁打牌速度太慢，不算是好搭子，只有三缺一時，老人家才會被請來湊數。偏偏今日眞的缺人，原來牌品不賴、以理性見稱的笛卡爾在家生悶氣，不願出門，只因他於庥壇的名言——「我聽故我在」——竟被台灣政客誤植爲康德所言，甚爲不爽。無巧不巧，同爲好牌搭的康德也爲此大發雷霆，正忙於歐洲闢謠，逢人便道：「笛卡爾雖是前輩，我的牌技可是青出於藍！」如此這般，只因台灣政客口無遮攔數度惹禍，莎翁才有機會重出江湖，好好跟這些年輕人較量一番。其實，老人家出手慢，與年紀無關，他以龜毛見稱，打起牌來特別用神，每當摸到險牌，他總會先看看自己的牌，再看看海底出了什麼牌，復而看看三人的眼神，反覆數次後還不丟牌，口中正待喃喃自語，三位後進已經知道他要說什麼了：「要打，還是不打，眞是個問題。」斟酌了一根菸的光景，老人家終於出手，打出一張沒人要的西風。

麻將有個術語叫「看牌」（或曰「眼牌」），意指當某人聽牌時，他可選擇蓋牌，表示不再換牌，凡是摸到不能胡的牌，都得打出去，但在此間，他可「周遊列國」，看看三家對手的底牌。務實地來說，看牌的是傻瓜：如果自摸不成或沒人放炮，看牌的人凡摸什麼就得一一照打，放炮的機率大爲增加。饒是如此，卻也有些好處。看牌是一種宣示——「老子聽牌了！你們等著挨宰吧！」——可以對其他玩家造成壓力，此其一；藉由觀察對手的底牌揣度他們的技倆，此其二；最後，打牌輸贏不全看手氣，有時靠的是霸氣，看牌的人就是有那種破釜沉舟的威風。

四人當中沒人有看牌的習慣，自詡爲紳士的他們一致認爲那是匹夫之勇，但今日不知爲何，東風東才打到一半，易卜生便猛地蓋上自己的底牌，喝一聲「看牌」豁然站起，壯士斷腕的神情好似美國西部片梭哈賭徒跟人決鬥的架式。

其他三人看在眼裡，不予置評也不顯露詫異，只在心中暗忖，這個挪威老土八成吃錯藥了。眞正的原因只有全知的我知道：易卜生跟這些人打牌輸多贏少，不少版稅都繳到這邊來了，今天他終於按捺不住，決計探探常敗的端底。

莫測高深

我們只能用一句話形容易卜生看牌的心情：不看則矣，看了後悔不已。

四人之中，易卜生牌技不是最差，算是「搶胡型」選手，意即牌一上手，便處心積慮要胡牌，而這種「單向心思」（one-track mind）也表現在他編寫劇本上，他相信種瓜得瓜（you reap what you sow），是文學技法「有前兆必有呼應」的奉行者。比如說，《娃娃之家》一劇以娜拉開門回家爲序幕，觀衆便可預期它將以娜拉關門離家來落幕；欣賞他的作品彷彿觀看農夫的機械作業：一個蘿蔔一個坑。他打牌也同樣不知變通，底牌一揭便當下決定布局方向，縱使走錯路也鐵著心不肯另起爐灶。總之，易卜生牌技尚可，就是創意不足。

易卜生首先繞到下家契可夫身後，觀摩他的打法。這一看，看呆了。契可夫簡直不懂基本牌理，無視於前兆與呼應的信條，只見他一會兒往東，一會兒往西，讓易卜生丈二金剛摸不著頭緒。巧的是，契可夫正以不按牌理出牌聞名於戲劇圈，他的劇中人物總是忽而扯東、忽而扯西，讓人找不到焦點。最離譜的不外乎《櫻桃園》，雖然開宗明義點出莊園將被變賣這個事件爲全劇重心，其後卻犯了編劇守則的大忌：搞了半天，重心淪爲陪襯，劇中人物似不把它當回事，盡說些言不及義的贅詞，彷彿廢話才是全劇重心。

「不解，不解。」易卜生搖頭輕喟，繼續走到貝克特背後。這一看，傻眼了，直呼「荒謬！荒謬！」

從貝克特的底牌中，易卜生看到一副「僵局」，完全搞不懂他到底朝哪一掛布局，彷彿是筒子，又好似條子，更像是萬子。不只如此，貝克特的打法有違常理：打牌的基本原則是把搭子湊齊，如手裡有一、二筒時，要的當然是三筒，但貝克特反其道而行，硬是把手裡的完美搭子如四、五、六萬一一拆散。看得霧煞煞的易卜生不禁暗忖：「這傢伙若不是牌史上最大的白癡，便是最詐的老千。錢再多的傻瓜也不似他這般亂使，非但死勁破壞搭子，還把廢牌當寶似的留下，使得整副牌呈現七零八落的局面。這是顯而易見的白癡打法，但令人不解的是，這小子卻很少輸錢，幾乎每回都以不輸不贏收場，難不成他是莫測高深的老千？且待我多看一眼。」

其實，易卜生再多看幾眼也是枉然：就像荒謬劇場超乎寫實戲劇的想像範疇一樣，貝克特的非常牌技不是以理性著稱的易卜生可以領略的。貝克特打牌活像姜太公釣魚，志在遊戲，不在輸贏。不管好牌壞牌，這位仁兄就是有能耐將每副牌搞到幾近癱瘓；別人一心要聽牌，他則想盡辦法不讓自己聽牌。說也奇怪，他很少胡牌，更絕少放炮——殘局，在他而言，是打牌的最高境界。貝克特戲劇裡的人物話不多，本人話更少。有一回，易卜生橫也看、直也看，就是看不懂他的牌路，於是想用話語探他口風，不料招來一頓譏斥：

易：貝兄，你在等什麼啊？

貝：我要是想讓你知道我在等什麼，幹嘛不把牌攤出來算了？

貝克特的回答讓易卜生想起多年前一件往事：於訪談中，主持人問到《等待果陀》裡的果陀到底代表什麼，貝克特沒好氣地回答：「我要是知道它代表什麼，幹嘛不寫出來算了！」

大輸贏的大玩家

最後，易卜生走到莎士比亞背後看牌。這一看，徹底投降了。

老莎不等小易看個仔細，便問道：「後悔了吧？」易卜生反問：「後悔什麼？」「後悔看牌。」老莎說，「淺，你的名字就叫易卜生。打牌貴在眼觀四方，不能只顧自己的牌面，要一人打四家牌，別人聽牌與否，要胡哪掛，你要瞭若指掌，否則如何在江湖裡混。我知道你要的是這掛（莎士比亞指著底牌的條子，易卜生心頭一凜），我甚至知道你聽這兩張（莎士比亞指著三、六條，易卜生差點沒昏過去）。其他兩人的牌嘛，坐我對家的契可夫不喜歡太戲劇化，走的是生活路線，因此他的牌路很隨機，時而上車，時而下車，特愛耍『沒有布局的布局』那一套。至於貝克特，我的上家，你根本不要看他的底牌就知道他打得一手爛牌。我不是說他牌技很爛，而是他故意把牌打到爛掉。他志在遊戲，不在比賽，你懂嗎？人生如牌局，我們都是裡面的玩家，有小輸贏的小玩家，也有大輸贏的大玩家。你是哪一種？」

此時易卜生不得不承認他屬於小輸小贏那種，全然沒有莎士比亞的大氣。看著莎士比亞的底牌，易卜生發覺他把十六張當成十三張來玩：當一般人都在趕胡時，他老人家卻忙著做大牌。不只在劇作，莎士比亞連打麻將都苦心營造崇高的情懷。輸贏事小，如何勝得爽快、敗得淒美才是打牌的藝術。看到莎士比亞精密錯綜的布局——有主線、輔線，還有枝節——「天啊，」易卜生不禁脫口而出：「麻壇宗師！」震懾之餘，易卜生憶及某回他和老莎同遊台灣，兩人入境問俗，在街上跟小販打香腸。易卜生率先上，十賭十輸，最後乾脆掏錢買。接著換老莎上場，沒多久便學會台灣人稱頌的「撩落去精神」：輸了再來，絕不善罷甘休，贏則續幺下去，加倍豪賭，與《威尼斯商人》裡的台詞不謀而合：

還在求學的時光，我丟失了一支箭，
往往用另一支箭，同樣的輕重，
朝同一個方向射去，加倍地注意
它落下的地點，好找回先前的那支箭。

結果，老人家花了一千塊打了兩百根香腸。易卜生正盤算這樣到底算輸還贏時，老莎早已看穿他的心思：「不要算了，淋漓盡致就是贏。All the way, man. All the way！」

易卜生回到座位，臉色慘白，摸牌的手微顫。那一把，出乎易卜生意料之外，竟然自摸。收錢時，他很心虛，自知贏了面子，輸了裡子。

往後，幾人再邀易卜生打牌時，他總推說沒空。其實，他正閉關苦學如何一人打四家牌。

不好意思，開個玩笑

在《馴悍記》裡，莎士比亞跟大家開了個大玩笑。

平常怎麼開玩笑的？若有人絕少開玩笑，以免有違莊嚴持重，此君八成是個沒趣的人，假使偏向另一極端，動不動就愛開玩笑，則他可能極端缺乏安全感。

開別人的玩笑常見三種方式。最乾脆、也最臻上乘的一種是說來就來，單刀直入，在他人毫無預警下，冷不防地發難，不但博君一粲，也讓玩笑的箭靶得到樂趣。這種方式有點危險，因爲要幽默的人必須精確掌握場合、時機、觀衆屬性、玩笑程度、與玩笑對象的交情，還有更重要的：對象的個性。成功時炒熱氣氛，失敗時不但使場面尷尬，還可能得罪人。

最窩囊的作法不外乎在玩笑之後，再補上一句：「開個玩笑，不好意思。」我通常不會介意被當成玩笑箭靶，但碰到這種情況，卻介意這個蛇足。因爲它隱含兩個令人不悅的潛台詞，其一是那個自認幽默的傢伙認爲我不一定經得起玩笑，其二是那傢伙對自己的分寸沒有把握。既然如此，開什麼玩笑？

最後一種格外耐人尋味。有些人在開玩笑之前，會先來上一句「不好意思，開個玩笑」，然後再肆無忌憚地說笑。相較於第二種馬後砲，此謂先禮後兵，屬「後設玩笑」，其真正意圖則視情況而異。有時，它意味說笑者沉不住氣，因而破壞了笑話必備的驚奇要素。有時，它只單純顯示說笑者過度拘謹，不是塊說笑的料。更有時，「不好意思，開個玩笑」暗藏潛在的冒犯，即說者有心卻冀望聽者無意。就此而言，說笑者並非真的不好意思，他的策略是先消毒再冒犯，或是想堵住箭靶的嘴，意在言外地說「如果你生氣了，那是你沒風度」，或是想堵住所有人的嘴，暗示著「純屬笑話，不必認真，如果有人不舒服，那是他過於政治正確。」

《大法師》喜劇版

在《馴悍記》（*The Taming of the Shrew*）裡，莎士比亞跟大家開了個大玩笑。

所有莎翁名劇當中，《馴悍記》是我最懶得重讀的一本，總覺得它不是一般學者所定義的喜劇，根本就是一齣「折磨戲」（torture play），不但折磨劇中人，也考驗當代讀者的感性。故事的設計再簡單不過了：一名富豪的大女兒凱薩琳娜（Katharina）是鎮上出了名的「潑婦」——在現代人眼裡，她不過是自主性強，比起她那個一味裝可愛、假溫馴的妹妹碧央卡（Bianca）有趣多了。不消說，碧央卡追求者衆，凱薩琳娜沒人敢碰，老爸只好開出條件：在大姊尚未出嫁前，小妹的婚事免談。不多時，殺出一個大老粗皮侏奇歐（Petruchio），他自告奮勇，決意向凱薩琳娜求婚，倒不是因爲他品味特殊，只是貪圖龐大的嫁妝。

接下來的劇情簡直就是十六世紀版的《大法師》（*The Exorcist*）。這部美國經典恐怖片述說一名小女孩遭魔鬼附身，於是天主教會派遣神職人員爲她驅魔，不意驅魔不成，幾位專家先後陣亡。《馴悍記》堪稱喜劇版的恐怖劇，劇中凱薩琳娜言語粗俗，全然沒有大家閨秀的舉止，在父權制度的評量下，無異於中了邪。這種女人讓以紳士自居的男人感到棘手，因而需派出皮侏奇歐這隻沙豬。整個驅魔的過程中，皮侏奇歐除了沒動粗外，用盡各種辦法折磨凱薩琳娜，包括軟禁、不給吃、不給穿，還有無所不在的語言暴力。最後，驅魔成功，凱薩琳娜被教導得比妹妹還乖巧，跌破衆人眼鏡。如果你和文藝復興時代大部分的觀衆一樣，認爲凱薩琳娜罪有應得，這當然是一齣喜劇，但身處於當代的我們，縱使在觀戲時還笑得出來，總是不免皺皺眉頭。時代不同了，過去好笑的事現在已經有點殘酷，這不是政治正確的意識可以完全解釋的。

何況，起碼的政治正確並不一定是壞事。

框架裝置

以今日的視野而言，《馴悍記》還有什麼值得討論的？是爲了替莎士比亞辯護，就其曖昧之處，指出文本的灰色地帶？是爲了撻伐莎士比亞，就其性別議題，指出文本政治不正確的所在？在我看來，兩者都是無聊的學術遊戲，偶一爲之也就罷了，爭論不休則可免矣。

我們不妨從《馴悍記》的戲中戲結構下手，先談美學，再涉及意識形態。《馴悍記》在本文故事前，插入了一段逸事。無賴史萊（Sly）是個醉鬼，砸碎了酒杯不還錢，被潑辣的老闆娘攆出酒館，索性就地鼾睡。這時一名貴族狩獵經過，起意作弄史萊。他吩咐衆僕，先把睡得像死人的史萊帶回家裡，待他酒醒後，把他當達官貴人般款待。史萊醒轉後，果然中計，自以爲是一連昏睡了十五年的老爺，還大剌剌地坐在主位觀賞巡迴戲班爲他搬演的戲碼，那個戲碼正是「馴悍記」。

這就是《馴悍記》有名的前提（induction），或框架裝置（framing device）。針對莎士比亞何以「多此一舉」，不直接進入主戲，很多學者議論紛紛，討論的重點不外是企圖挖掘前提與主戲間的關聯。道理很簡單，若找不到關聯，則前提純屬多餘，若找得到與主戲的呼應，則前提有畫龍點睛之效，只不過是情況被倒過來了：先點眼睛，再畫龍身。

根據阿斯皮諾（Dana E. Aspinall）的歸納，學者們的結論可粗分爲兩類。首先，一些學者在史萊與凱薩琳娜這兩個角色之間找到了連結，認爲史萊被騙，誤以爲自己是貴族，和凱薩琳娜被丈夫收編，誤以爲自己是「溫良恭儉讓」的化身，兩者互爲對鏡，情況相若，不過是程度之別：史萊是個酒鬼，他的損失算小，但有自主性的凱薩琳娜被徹底洗腦，這可就嚴重多了。從這個觀點來看，《馴悍記》一半像是皮侏奇歐的喜劇，另一半卻像是凱薩琳娜的悲劇。

另有一批學者在史萊與皮侏奇歐兩個臭男人身上找到了交集，他們認爲史萊的幻覺等同於皮侏奇歐的幻覺：前者誤信自已爲貴族，後者誤信自己完成馴悍的任務。據此，皮侏奇歐反成了玩笑的箭靶，而不是凱薩琳娜。這個觀點有意思，卻未必能取信於人，因它引發了另一關鍵的詮釋難題。劇將終了之際，皮侏奇歐和朋友打賭，試看誰的老婆較聽使喚，結果大出衆人意料之外，原本乖巧的碧央卡竟然對丈夫的要求充耳不聞，反倒是皮侏奇歐一個口令，凱薩琳娜便一個動作。不僅如此，凱薩琳娜還藉機向其他女人發表了一段「男人眞偉大」的演說：

妳的丈夫就是妳的主人，妳的生命，妳的支配者，
妳的頭家，妳的君王；他照顧妳，
還爲了使妳溫飽，不惜使身子

在海洋裡路地上辛苦操勞，
夜裡冒著風雨，日裡忍受寒冷，
只爲了讓妳在暖和的屋裡享福，安全又舒適；
他指望妳貢獻的沒別的，不就是
妳的愛情、美貌和眞心的服從；
給那麼多，求的卻是那麼少。
一個臣子該怎麼對待君王，
一個妻子就該如何對待丈夫；
假使她乖張、暴戾、鬱悶、不悅，
不服從他正當的願望，
則她除了是個大逆不道、
背恩忘義的叛徒，還會是什麼？

假使第二種詮釋站得住腳，以上她這一席話又該怎麼說呢？有些學者認爲凱薩琳娜的表白充滿反諷，但無論從字裡行間或者是戲劇情境，我們很難感受到嘲諷的意味，而且凱薩琳娜話語稍落，劇本馬上結束，如此毫無轉折的安排實在沒有留給反諷任何存在的空隙。

皮克佛德（Mary Pickford）於一九二九年爲哥倫比亞執導的《馴悍記》電影版裡，安排讓飾演凱薩琳娜的演員邊講這些台詞，邊眨眼睛，以此暗示凱薩琳娜的順服不啻是陽奉陰違。的確，加上導演的巧思和演員的配合，戲院或劇場裡的觀衆能很自然地被引導至第二種詮釋。但是，捧著劇本的讀者怎麼辨？難不成他們在家邊讀邊眨眼？細讀全劇，文本並無提供讀者足夠的眨眼動力。當皮features奇歐向衆人宣布他將於星期日和凱薩琳娜成婚時，後者只是啐了一句，而無強烈反對；大喜當日新郎遲不現身時，凱薩琳娜並未感到慶幸，反而備覺哀怨，深怕爲人恥笑是嫁不出去的女子：「沒人比我丟臉。」以上兩例及皮features奇歐婚後非人道的虐妻手段，讓人強烈感覺，形勢比人強，凱薩琳娜一開始便注定要被馴服，先前的潑辣僅僅是防禦式的僞裝。

可疑的半個框架

第一種詮釋（凱薩琳娜被狠狠地修理了一頓）較能使人信服，但它讓《馴悍記》顯得像一則品味極低的笑話。第二種詮釋（皮佚奇歐上了凱薩琳娜的當，他才是被愚弄的一方）使這個劇本較爲厚道，但略顯牽強，有強爲莎翁辯護之嫌。請容我加入這場詮釋的混仗，對戲中戲的結構提出第三種觀點。

讓我們回到文初開玩笑的三種方式。第一種是直來直往，不加框的，第二種是亡羊補牢的「開個玩笑，不好意思」，最後一種爲事先架設安全網的「不好意思，開個玩笑。」《馴悍記》屬於第三種：以史萊無傷大雅的「小玩笑」來包裝徹底改造女人的「大玩笑」。如此安排底下，「小玩笑」被賦予類似緩衝器（buffer）的作用，使「大玩笑」可能引發的冒犯力道減到最低。

誠如學者葛藍姆・禾得內斯（Graham Holderness）所言，如果少了史萊那段前戲，《馴悍記》勢必顯得過於寫實。前戲的最大用意即在昭示觀衆，接下來有關凱薩琳娜的遭遇只是一齣戲，切莫當眞。再怎麼有創意的玩笑，一旦開得過火，講笑話的人也有不好意思的時候。或許，整個不人道的改造過程連莎士比亞自己都感到不妥。十六世紀的歐洲人眼裡只有古典的希臘，擺明心裡瞧不起「中古世紀」（這個標籤就是文藝復興時期的人鑄造的），認爲那是個黑暗、落後、僵化的年代。拋開今日的觀感不談，縱以文藝復興當時的風氣來說，《馴悍記》所呈現出的品味與性別政治——視不馴的女人如惡魔附身，將閨房當成驅魔的地窖，把丈夫捧爲替天行道的使者——多少沾染著中古時期的色彩，在那個自認爲「前進的」的年代，很難不顯得反動。

與其說緩衝器是爲觀衆而加的，不如說是莎士比亞爲自己而設的，其目的是舒緩作者的焦慮，因爲如果沒有戲中戲的結構，皮侏奇歐虐待凱薩琳娜的過程看來簡直就是部「完全馴悍守則」。大部分學者認爲這是一齣兩性之間的權力戰，其實戰火根本沒有點燃，除了兩人初次見面那場戲還算勢均力敵外，凱薩琳娜完全居於劣勢，任人宰割，以致權力的天平呈現嚴重的失衡狀態。

《馴悍記》改編自《一名悍婦的馴服》（*The Taming of a Shrew*）。原著裡也有戲中戲的架構，不同的是，原著裡的史萊貫穿全劇，不時打斷馴悍的過程，且最後也是以他的覺醒來收尾，但莎士比亞的史萊只出現在第一幕的前兩場戲，之後便完全消失。看完《馴悍記》，除了好事的學者外，有誰記得史萊這號人物？這正是《馴悍記》最可疑之處：有前框卻無後架，導致這齣戲予人草草收場的感覺。全劇的最後一句台詞——「奇妙啊，我說，她就這樣被馴服了。」——竟是如此的無力而顯得敷衍。

許是莎士比亞忙壞了，忘了或沒空寫？這並非不可能。他的確很忙，身為演員，他有時必須於七天內參與六部戲的演出，白天排演一齣，晚上公演另一齣；身爲劇作家，他必須偷閒創作，且當時的劇團生態迫使他必須量產，最高記錄是十六、十七世紀交替之際的廿四個月裡，他完成了五齣，其中之一便是偉大的《哈姆雷特》。如此的工作量、如此的高品質，只能以「駭人」來形容。

很可能，莎士比亞眞的忘了，累了，懶了。

然而，以我們對這位布局大師的了解，莎士比亞應不致沒意識到《馴悍記》的不對稱結構彷佛只有一邊書擋的書架，撐不起場面。果若眞要臆測，我會說這是莎翁的「陰謀」：「不好意思，開個玩笑」是假道歉，真冒犯。《馴悍記》先以史萊的故事卸下觀眾的心防，一旦觀眾接受了「以下純屬虛構」的前提，他便可放膽以寫實手法開個政治不正確的玩笑，暗度陳倉：表面上賠不是，暗地裡使壞。

說不定，莎士比亞沒我們想像的焦慮。他不但開女人的玩笑，還開了觀眾一個玩笑，成了最大的贏家。劇末，散場，他一路笑到酒館。

歡喜就好——盧擬對話之一

裡面有一句台詞把我撼到了：「上天保佑你吧，淺薄的人！」
它似乎針對著我，又好像針對著全世界。

在既虛擬且眞實的銀白沙灘上，悠閒撿著貝殼的莎士比亞巧遇了心情鬱悶的冷伯。兩個性情截然不同的人，竟也能於閒扯淡中編織出一段有趣的對話：

冷伯：被世人尊崇「偉大」是不是很爽？

莎翁：你一定來自台灣，才會講話如此粗俗。「爽」這個字帶有性暗示，你應該知道吧？

冷伯：你是最擅長開黃腔的劇作家，現在反而裝得一副有文字潔癖的模樣，在教訓我？這一點你和我們的教育部長很像。他認爲「搞」這個字有不好的含意，叫大家不要用。

莎翁：我中文不通，「搞」是不是也有性暗示？

冷伯：「搞」可以有性暗示，也可以沒有性暗示。比如某個男子說：「我媽要我幫她搞懂一個謎語」，這裡面的「搞」絕對沒有性暗示，除非那個傢伙的名字叫伊底帕斯。這麼說吧，如果「三隻小豬」算成語，那所有四個字的中文如「我吃飽了」、「他牙齒痛」都是成語；如果「搞」就必然有性暗示，很多動詞如做、推、進、出、砰、膨、捧、碰都有性暗示；如果「搞笑」這個辭彙有性暗示就更不倫不類了，哪一個曠男怨女會把「笑」當成性對象？給教育部長這麼一搞，你知道嚴重的後果是什麼嗎？一旦所有的動詞都是髒字，它反而使眞正髒的「幹」失去了原有的力道，那可是中文的損失啊！

莎翁：「幹」嘛扯那麼遠呢？

冷伯：「幹」這個字也不一定和性有關，你不必加強語氣。

莎翁：抱歉，我現學現賣，「搞」錯了。

冷伯：唉！

也有亂寫的時候

莎翁：你看起來憂心忡忡的，怎麼啦？

冷伯：我憂國憂民。

莎翁：沒那種屁股，就不要吃瀉藥。

冷伯：什麼意思？

莎翁：台灣諺語都不懂？引申意是：你沒有哈姆雷特的深度，就不要裝出憂鬱王子的模樣。

冷伯：憂鬱不是哈姆雷特的專利。

莎翁：憂鬱有很多種。

冷伯：斯斯也有很多種。

莎翁：嗯？

冷伯：對不起，打岔了。

莎翁：憂鬱有很多種。有的可以用藥物控制，而哈姆雷特那種是沒藥可醫的。還有一種是沽名釣譽的，我的劇本《皆大歡喜》（*As You Like It*）裡的雅各（**Jaques**）就是個佯裝憂鬱的蠢驢。

冷伯：你那個劇本應該翻成《歡喜就好》比較貼切。

莎翁：貴國一位歌手，好像叫陳雷的，不就有一首歌叫「歡喜就好」嗎？

冷伯：果然是巷子內的。

莎翁：什麼？

冷伯：台灣諺語都不懂？我是說，果然內行。那首歌很好聽：人生海海，甘需要攏瞭解／有時清醒，有時青菜／有人講好，一定有人講歹／若麥想嚇多，咱生活卡自在。

莎翁：聽起來沒什麼深度。

冷伯：你寫的《歡喜就好》就有深度嗎？它是我讀過你的劇本裡最糟糕的一部，無論就哪方面來看——結構、情節、主題、人物、文字、幽默——可說是雜亂無章到潰不成軍的地步。以藝術的觀點品評，它應是你的作品裡最「可悲」的喜劇。

莎翁：原諒我，我也有亂寫的時候。

冷伯：承認就好。不過，我還是要謝謝你，這個爛劇本帶給我很多靈感。這或許是讀書的意外娛悅：眼珠子盯著書本，一頁翻過一頁，心裡感受的卻是書本以外的點點滴滴，如此分神，竟也能把書讀完。

我聽得人家說

莎翁：你喜歡就好。像你這種讀者多如過江之鯽。劇場是我謀生的工具，我不過是寫幾個劇本餬口，哪曉得後來的人們加油添醋，說得天花亂墜，意見不合還打筆戰，甚至把「莎學」搞成了一項工業。幾百年下來，多少人打著我的名號混飯吃，你知道嗎，不計其數！前一陣子，我還在一本文學雜誌翻到有人寫我打麻將，簡直不倫不類！身爲文藝復興的英國紳士，怎麼可能打麻將？

冷伯：那個人不提也罷，在麻壇上，他還小有名氣，但在莎學工業裡可就沒人把他當作一個「咖」了。

莎翁：天道有還。

冷伯：一切只怪你聲名太大。這就回到我的老問題：被世人尊崇「偉大」是不是很爽？

莎翁：我人都死了，還什麼爽不爽的，這裡的「爽」字完全沒有性暗示。

我最慶幸的是，我生前編劇，只想到演出效果、票房賣不賣，或者是贊助的老闆歡喜否、會不會得罪貴族等等實際考量，可從來沒想到我死後會如何「不朽」。除了搞劇場，我還炒地皮，你知道嗎，我十五歲就拿劇場賺來的錢買了一棟房子。

冷伯：厲害！

莎翁：沒辦法，那時候的人死得早，被迫成熟得快。我晚年，其實也只有四十一歲，但因爲我享年五十二，所以算是晚年。我晚年在**Stratford**地區投資了一塊地，沒多久地價翻漲了一倍。當地人都把我當商人看，你想我會以偉大自居嗎？我告訴你，只有淺薄的作家才會在下筆的時候想到「偉大」。

冷伯：你這一罵，罵到很多作家。你過世後，小你數歲的班．強生（**Ben Johnson**）可能是第一個把你說得很偉大的人。他說你的作品「不屬於當代，屬於所有世代。」

莎翁：那傢伙的話反反覆覆，能信嗎？他曾經嘲笑我文學養分不足，拉丁文只懂皮毛，希臘語懂得更少。有一次，他聽人言「莎士比亞下筆後絕不刪掉一字」，竟答道：「我還眞希望他能刪掉一千。」

冷伯：平心而論，他對你的批評也有中肯之處。你的才華比起他的匠氣，顯然渾然天成許多，但你大開大闔，節制不是你的美德。他是這麼說的：「莎士比亞的確擁有誠懇、開放、自由的天性，有超俗的想像力、大膽的念頭以及細緻的文筆，放肆優游其中，可惜有時不懂得煞車。」就拿《歡喜就好》來說吧，劇中人物自始至終言不及義，逕耍嘴皮說些無聊笑話，其中一句台詞頗爲貼切地點明你不知節制的缺點：「照這樣的湊韻，我可以給你一路湊下去，湊它整整八個年頭。」第三幕第二場，記不記得？

莎翁：劇本是我寫的，當然記得。

冷伯：有些人認爲那些劇本不是你寫的，不過那是另一個話題。第三幕第三場，牧羊人柯林（Corin）問小丑摸石（Touchstone）是否過得慣鄉野的日子，後者像放長屁似地這麼說：「說實話，牧羊人，說到過日子，倒是過得挺不錯的；可是想到這是牧羊人過的日子，就這點兒言，眞是太差勁了。日子過得清清靜靜的，說到這一點，很對我勁；可是這裡是冷冷清清啊，說到這一點，這種日子糟透了！這裡是田野一片，說到這一點，我喜歡極了；可是這兒又不是宮廷裡，說到這一點，眞把人憋得慌！」以上的文字你認爲幽默嗎？

莎翁：當時演出還蠻好笑的。

冷伯：時代不同，幽默變了，老兄。以前的觀衆沒有別的樂子，很好騙，現在的觀衆可挑得咧。再舉一個例子，第五幕第二場，羅瑟琳（Rosalind）對奧蘭多（Orlando）這麼說：「我再也不拿廢話來膩煩你了。我現在是正正經經地在跟你說話。我了解你是一位有見識的上等人，那麼你也了解我是怎樣一個人。這並不是說，我覺得你好，你也得同樣地對我的見識說一聲好；我也並不是一心只想讓你把我看得有多麼好，只要你信得過我就夠了——這也是爲了你自個兒的好，並不是要給我臉上貼金。那麼——」羅瑟琳不是才說不說廢話了嗎，怎麼自個兒就來上一串？

莎翁：你不覺得這有後設的趣味嗎？我用廢話來調侃廢話。

冷伯：廢話，不能老是拿「後設」來做突槌的藉口。你們那時還沒有論字計酬的制度，不需要這樣湊韻賺稿費吧？你筆下的人物使我聯想到台灣電視名嘴，他們講話也完全沒有重點：「其實，坦白說，這個事情很複雜，我個人認爲其實整個事件的複雜度，如果讓我來說的話，我會認爲說，它複雜的程度不是你我隨便說說就可以說清楚的。」每當他們這樣說個不停，就讓我想起一首老歌。

莎翁：哪一首？

冷伯：我聽得人家說。

莎翁：說什麼？

冷伯：桃花江是美人窩，桃花千萬朵，比不上美人多。

莎翁：不錯，果然不錯。

冷伯：我每天蹚到那桃花林裡頭坐，來來往往的我都看見過。

莎翁：全都好看嗎？

冷伯：好！那身材瘦一點兒的偏偏瘦得那麼好！

莎翁：怎麼樣的好啊？

冷伯：夠了沒？我們這是在討論戲劇，怎麼唱起俚巷小曲來了？

莎翁：一搭一唱，還蠻上口的，頗有我的眞傳。

冷伯：讓我們回到班・強生。他出道比你晚，對你絕對是有瑜亮情結，文人相輕，不足爲奇。但是，莎翁，咱們好話要聽，批評更要留意。他給你的蓋棺之論是這麼說的：莎士比亞的機智是他的長處，略加規範則大有可爲，可惜他閃失連連，遭惹笑柄。所幸他以優點贖救缺陷，値得讚揚的還是比需要我們原諒的多些。

莎翁：受教。我再不說受教，你會說我沒風度，雖然我心裡還是很「搞」。

冷伯：這時候要說「幹」。

莎翁：中文眞複雜。班・強生這傢伙雖然沒上過大學，卻一心嚮往古典，寫起東西來一板一眼，頗有學院之風。你可知在我之後，英國戲劇爲什麼逐漸沒落？除了少了我這號曠世奇才外，多少和他有關。十七、十八世紀的英國作家把強生的風格當成典範，一堆人前仆後繼地搞社會寫實，把戲劇變得不好玩了。結果呢，在我之後就沒有人可以寫出像《仲夏夜之夢》或《暴風雨》這種劇本了。

上天保佑你吧，淺薄的人

冷伯：沒錯，在你之後，不再出現像你這樣的劇作家，既有仲夏月夜的浪漫，也有暴雨狂飆的豪氣。

莎翁：儘管《歡喜就好》給你罵得一無事處，裡面有一句名言，可是讓世人琅琅上口。

冷伯：「這世界是一座舞台，所有男男女女不過是演員。」

莎翁：神來之筆吧？

冷伯：這有啥了不起？一個人要是亂寫一千句，總是會誤打誤撞寫出一兩句經典。我眼下就立刻給你造一句：「這世界是一個蜂窩，所有的男男女女都是蜜蜂，嗡嗡嗡，嗡嗡嗡。」

莎翁：你是今天心情不好，還是一向如此不討人喜歡？

冷伯：我天天心情不好。

莎翁：容我做個簡單的心理測試（撿起貝殼，放在耳邊），我在貝殼裡的回音裊繞中感受到天啓，（把它交給冷伯）你聽到什麼？

冷伯：我聽到耳鳴。

莎翁：你是不是該去看醫生？

冷伯：你是說耳鼻喉科？

莎翁：我說的是精神科。

冷伯：我的痛苦不是佛洛依德那套可以解釋，也不是藥物可以舒緩的。我老覺得我的問題跟名字有關。

莎翁：「姓名算什麼？我們喚做玫瑰的，改個稱謂，不也同樣芳香？」

冷伯：果然是文豪，總不忘賣弄。我眞的是爲名字所累。我姓冷名伯，這名字注定讓我熱不起來，對任何事都缺少熱情，而那個「伯」字更是使我未老先衰。我小的時候，爸媽怎麼叫我的你知道嗎？

莎翁：怎麼叫？

冷伯：「阿伯！阿伯！」

莎翁：不成體統。

冷伯：我女兒的同學怎麼稱呼我的你知道嗎？

莎翁：怎麼叫？

冷伯：「冷伯伯！」

莎翁：這是尊稱，還是直呼名諱？

冷伯：連冷伯我也搞不懂啊。

莎翁：這還是不能解釋為何你眉頭深鎖、心情低落。

冷伯：都是《歡喜就好》惹的禍。

莎翁：一部爛作品可以把你搞成這樣？這是不是你們台灣人所謂的「牽拖」？

冷伯：就是因為太爛，我邊讀邊想其他事，看到裡面盡是膚淺的人物，我不自覺聯想到這膚淺的世界。裡面有一句台詞把我撼到了：「上天保佑你吧，淺薄的人！」它似乎針對著我，又好像針對著全世界。世界往前疾行的腳步快到讓我用眼睛跟著都覺得累，有時暗自對世界說，你先走一步，我隨後就到。其實，我知道我永遠趕不上，也不想趕上。為什麼要跟著世界走，若它趨之若的方向不是我們眞正想要的?世界狡詐之處在於它很少容許一個人足夠的時間、空間、精力去思考它到底打算把人類帶往什麼境地,縱使你哪天腦袋難得清明,停下踟躕的腳步,想花點時間酌量處境,耳際旋即響起正在超過你的跑者們語帶威脅的警告:「快啊,否則就要脫隊了。」於是,在還沒搞清楚這個隊伍要往哪去之前,你加緊跑步。最終,很宿命地,世界變成什麼德行,你就順理成章地變成那個德行,更令人氣結的是,世界變得淺薄,卻還反過來質問:「你怎麼變這麼淺薄!」世界就是這樣出賣人類。它像個商人,總是有下一個市場要征服。曾經問過一位經商的朋友,爲什麼老是在擴展版圖,總是把賺來的錢壓在新投資上?他的回答想必很多人都聽過:「守成就等著被淘汰。」世界就像個怕被淘汰的商人,但商人滿街跑,世界只有一個,它怕被誰追上?唯一合理的解釋是,世界已自我異化,想征服自己,怕被自己淘汰。上天保佑你吧,淺薄的世界!

莎翁:你很偏激,你知道嗎?

冷伯:我知道。還好我悶著來,否則早就被世人亂棒打死。悶騷的偏激是我對抗這個世界唯一的武器。

莎翁：沒想到我的喜劇居然能引發你如此巨大的悲情。

冷伯：說也奇怪，當我讀完《哈姆雷特》或《李爾王》，想像舞台上死了六七個人，反倒十分振奮。

莎翁：你算不上我的知音，只能說，你是個奇特的讀者。

冷伯：你不是佛洛依德，但你好像我的心理醫師。我得走了，我不是有事，只是沒辦法忍受同一個人太久。

莎翁：我還會再遇見你嗎？

冷伯：保證會的。我最近正拜讀你的《暴風雨》，若有任何心得，不管是爽或不爽的，我自然會來向你討教。

莎翁：套句你們台灣人的說法，我會皮繃緊點，挫著等。

冷伯：再會了。

莎翁：「分離是何其甜美的憂傷啊！」

冷伯：不要肉麻了。

莎士比亞看NBA——盧擬對話之二

NBA的季後賽好比是戲劇裡的第四幕，危機四伏，關鍵處處，
但前者擺明「勝者為王、敗者go home」，戲劇是不能以成敗論英雄的。

深夜，泠伯在家看電視。

電鈴響起，泠伯起身開門，原來是莎士比亞。

泠伯：進來吧。

莎翁：動作眞快，我以爲會等很久。

泠伯：爲什麼？

莎翁：我常看台灣連續劇，以爲你們台灣人應門都很慢。

泠伯：怎麼說？

莎翁：每次有人按電鈴時，戲裡的人物總是會討論個半天才去開門。如果只是一個人，他會自個兒在那嘀咕，「這麼晚了，會是誰在按電鈴」，然後才去開門；如果是兩三個人，時間就拖得更久了。甲先說，這麼晚了，會是誰在按電鈴；乙接著問，對啊，會是誰呢；然後丙又問，難道是，破折號。這時候一定會加個緊張懸疑的音效，鐙鐙，鐙鐙，三人面面相覷，等他們討論完畢去開門時，訪客已經抽完一包長壽了。

冷伯：我代表台灣人民向你道歉。

莎翁：不用你來背負原罪。

冷伯：你來幹嘛？

莎翁：陪你看電視。你在看什麼？

冷伯：NBA。

莎翁：**I love this game!**

冷伯：聽著，我有個怪癖得先跟你聲明。I don't share，我不跟人分享。我吃東西不跟人分享，不來「我的很好吃，你要不要吃一口」或是「你的好不好吃，我能不能吃一口」那一套，我把「從一而終，個人吃個人的」這個原則看得跟命運一樣重要。你選了什麼食物，不管好不好吃，就得跟定那道食物，意志決定命運，不可三心二意，更不可怨天尤人。你想想看，要是馬克白在一敗塗地的節骨眼，問別人「有沒有人要跟我交換命運」，他還像個悲劇英雄嗎？

莎翁：有那麼嚴重嗎？

冷伯：我看報紙也從不分享，喜歡按著自己的節奏，從第一版翻到最後一版，我討厭中間有人插花，把其中一個版面抽掉，連分類廣告也不行。我最受不了的是在公衆場合看報時，有人從我旁邊、前面或後面偷瞄標題，遇到這種狀況，我通常是把報紙收起、折好，拱手奉送給那個偷窺狂。

莎翁：嘖嘖嘖嘖。

冷伯：嘖什麼嘖？

莎翁：你能活到現在是一大奇蹟。

冷伯：謝謝。我要講的重點是，我習慣一個人看電視。

莎翁：你是在趕人嗎？

冷伯：既然來了，坐吧。

莎翁：沙發你願意分享吧？

冷伯：還好，就是不要太靠近。

莎翁：謝謝你爲我破例。

冷伯：不是。現在是重播，我已經知道結果，不需要全神貫注。

莎翁：這你就錯了。過程比結果重要。

冷伯：我在講球賽，不是戲劇。

莎翁：兩者的境界可以是一樣的。哪一個觀衆在看我的戲之前，不是知道結局的？他們都是在知道奧瑟羅會自殺、凱撒會被刺、哈姆雷特不得好死的前提下進劇場的。道行高的觀衆享受的是過程，不是結果。NBA也可以有這種層次。如果一個球迷只喜歡看現場直播，只懂得享受懸疑，心情跟著比分七上八下的，則他的品味，對不起，只有八點檔或好萊塢電影的等級。我問你，既然是重播，你也預知輸贏，爲什麼還想看？

冷伯：聽說這場球賽很精彩。猶他爵士對戰金州勇士，具主場優勢的爵士本來輸定了，卻在最後幾秒連追五分，打成平手，進入延長賽。

莎翁：所以啊，你想看，因爲你要體會那個過程。

冷伯：我知道你的劇本講究過程，但是你所鋪陳的過程太長了，現代人受不了。《李爾王》要是由我來寫，半個鐘頭就解決了。

莎翁：我又不是爲了只有三歲小孩注意力的現代人寫戲的。你要知道，到劇場看戲是我那時代的重要消遣，我們沒有電腦、電視、電動玩具，只有劇場。

冷伯：不要說那些老掉牙的論調。我告訴你，強調過程的作家其實也很看重結局。

莎翁：廢話，結局當然很重要。

冷伯：這就是你的作品不合時宜之處。我們講究的不是過程，更不是結局。

莎翁：魚與熊掌皆可拋，那還有什麼？

冷伯：僵局。一種滯礙不前的僵局。

莎翁：樂趣在哪呢？

冷伯：樂趣在於把那個僵局寫透了。

莎翁：都是《等待果陀》惹的禍。

冷伯：或許吧，但這也是我切身的領悟。人生起起伏伏，人的心情時高時低，這些都只是表象，不變的永遠不變。就拿潮汐來說吧，「早潮纔落晚潮來，一月周流六十回」，人們看到潮汐總會聯想到際遇的高低起伏，而忘了那個不變的周期：「潮之漲落，海非增減，蓋月之所臨，則之往從之。」永遠不變的是海的深沉和天體間的引力。

莎翁：哇，你愈來愈有學問了耶！

冷伯：嘴巴閉起來，你驚訝的表情很白癡。這種資料google一下就查到了。不要打岔，重點還沒到。我認為籃球不能和戲劇相提並論。籃球總是有結局的，平手之後還得延長加賽，橫豎得比出個高下，但是戲劇可以沒有輸贏，任由情勢僵在那，直到落幕。倘使有一天，籃球卡在板框之間卻沒有人把它撥下來，所有的球員呆立仰望，所有的觀眾屏息等待，這時候，也只有這時候，籃球的境界才可以和戲劇相提並論。

莎翁：經你提醒，我發覺我的作品裡也曾碰觸過「籃球卡住」的僵局。

冷伯：當然有，這就是為什麼我認為《哈姆雷特》是你最好的作品。這齣戲把僵局寫活了，只可惜你喜歡用一堆拉拉雜雜的周邊情節來包裝，把戲劇動作搞得既複雜又完整，跟球賽一樣制式，NBA有四節，你有五幕。你每齣戲都有五幕，少一幕會死嗎？

莎翁：幹嘛那麼激動？

冷伯：激動是必然的，你那時代服膺的「全面」、「整體」，是被碎片式存在拖著走的我既冀求又不屑的信仰。欸，跟你瞎聊，差點忘了看比賽。

莎翁：比數多少了？

冷伯：比數就在螢幕下方，自己不會看嗎？你了解我為什麼不跟別人看電視了吧？因為我老是被迫回答愚蠢的問題。我不跟別人看電影的理由也是一樣。我曾經帶一個馬子去看電影，剛開始我先跟她講好，看電影可牽手但不可交談，她也遵守了一陣子，電影開演十幾分鐘後那馬子終於忍不住問我：「這預告片怎麼這麼長？」

莎翁：什麼是馬子？

冷伯：對，什麼是馬子，這是個永恆的問題。

莎翁：不是，我是問「馬子」指的是什麼？難道你跟一匹馬去看電影？

冷伯：喔，馬子就是女人。英文所謂的 chick 或 broad，或是你劇本裡常用的 wench。

莎翁：那些都有貶意，應該用lady。

冷伯：淑女已經絕種。

莎翁：發生了什麼文化上的巨變？

冷伯：不是，是基因突變。

莎翁：更慘。

冷伯：溫室效應不只改變了天氣，也改變了天性。現在流行男不男、女不女的。女人學問比男人好，見識比男人廣，成就比男人高，喝酒比男人猛，做愛比男人浪；笑聲像土狼，說起話來像鴨子。

莎翁：天啊，這麼一來gentleman怎麼受得了？

冷伯：FYI，尖頭鰻也已滅跡。現在的男人動作比女人文雅，化妝品比女人多，講起話來嗲聲嗲氣；遇見稍微比他們強的女人就一副小媳婦模樣，被虧還會臉紅，碰到一點挫折就哭爸哭媽的，揚言自殺。他們講究名牌，頭頂上膠，臉蛋抹油；怕流汗，怕口臭，不抽菸，不講髒話，內褲都是燙好的。我告訴你，我看不起天天洗澡的男人。

莎翁：聽起來，男人比女人慘。

冷伯：慘多了。我一直相信一個陰謀，只是不敢向世人透露。

莎翁：怕被亂棒打死？

冷伯：沒錯。

莎翁：向我透露，我喜歡陰謀論。

冷伯：我認爲台灣現在的男孩，不曉得是在什麼節骨眼上，可能是在家裡，或是在學校，被偷偷地閹掉了。

莎翁：哇，好可怕喔！

冷伯：你又來了，嘴巴閉起來！

莎翁：對不起。怎麼發生的？

冷伯：被隱喻閹割了。

莎翁：不懂。

冷伯：他們被語言閹掉的。

莎翁：語言可以充當手術刀？

冷伯：語言有無限的殺傷力，不信你試試看——如果你從現在開始開口「人家怎樣」、閉口「好感動喔」，保證不出一個月，你說話的音調自然提高。

莎翁：發生了什麼事，怎麼全場起立，歡聲雷動？

冷伯：這就是我在等的。你知道原委嗎？費雪是爵士裡的指標人物，季後賽本不該缺席，可是他才十個月大的小女兒罹患了罕見疾病，今晚他人原在紐約，等女兒動完手術後，馬上坐飛機直奔鹽湖城，一路趕到球場。

莎翁：這種精神令人感佩！

冷伯：好感動喔！

莎翁：讓我淚水欲滴。

冷伯：（哽咽）人家也是。

莎翁：奇怪，你說話的音調怎麼提高了？

冷伯：我知道，可是沒辦法，管它有沒有變調，人家就是感動嘛！（潰堤）

I love this game!

莎翁：夠了沒？小心被閹掉！就在這感人肺腑的一刻裡，我終於領略你先前說的很有道理：NBA和戲劇不能相提並論。你恢復了沒，我可不可以繼續講？

冷伯：恢復了一半，請講。

莎翁：剛才費雪的進場猶如神從天降，劇力萬鈞，但它充其量只有尤里比底斯（Euripides）的境界或是好萊塢電影的等級，可以感動人，但沒辦法帶給人們崇高感。

冷伯：你是悲劇寫多了，巴不得所有的事都以悲劇收場是吧？難道你希望費雪從紐約趕到鹽湖城時飛機爆炸，這樣才有崇高感嗎？

莎翁：飛機爆炸是意外，意外怎能產生崇高感？費雪的事蹟讓人心生尊敬，但那只是美感。美麗不具威脅力量，不比令人震驚又帶點恐懼的雄渾。悲劇才有這分能耐。

冷伯：悲劇已死。生活在教人殘酷的冷漠年代，能讓我稍稍感動的情事，我都會像餓了三天的狗看到塑膠骨頭般地珍惜它。媽的，逕顧著跟你廢話，他們幾時打成平手的我都沒看到。

莎翁：剛才Okur不應該亂投三分球，否則——

冷伯：你怎麼層次跟台灣的球評一樣低？

莎翁：我說錯了什麼話嗎？

冷伯：你那一句評語叫馬後砲。Okur投不進就說，「Well，這就是我常說的，打球不能蠻幹，Okur這裡太急躁了」；倘若Okur投進了，你會怎麼說，是不是跟球評一樣，說「Well，這就是我常說的，遇到膠著的情況，一定要有人挺身而出，Okur就是這種神經夠粗的球員」？

莎翁：請問，如果是你，你會怎麼報導？

冷伯：Well，如果是我，我會說「Okur投三分，沒中，Jackson搶到籃板，傳給Davis，Davis運過半場，爵士採區域聯防。」就這樣，保持中性客觀，不需要加什麼「Jackson爭球意志很強」，爲什麼，因爲球剛好掉到他前面，也不需要加什麼「Davis穩住陣腳，這一波攻擊是關鍵」，爲什麼，因爲每一波攻擊都是關鍵，每一波防守也是關鍵，容我扯遠一點，前一晚球員有沒有睡好，也是關鍵。

莎翁：其實，我對目前台面上的球評們也有意見。

冷伯：說來聽聽。

莎翁：這些球評使我聯想到瘸腳的劇評家。你剛剛提到的「關鍵」就是一例。球評總是喜歡告訴觀眾這裡是關鍵，或那裡是關鍵，瘸腳的劇評家也慣於在劇本裡尋找某一時點，然後宣稱他找到了左右人物命運的轉捩點。你指出的「前晚球員有沒有睡好也是關鍵」很有道理，戲劇的世界也是一樣，所謂的關鍵早在劇本開始前就已發生。換句話說，我編劇時不是靠「關鍵」來布局，我依賴的是人性和命運。兩者的差別很大：關鍵是固定的、鎖死的，人性和命運是流動的。

冷伯：有道理。NBA的季後賽好比是戲劇裡的第四幕，危機四伏，關鍵處處，但前者擺明「勝者為王、敗者go home」，戲劇是不能以成敗論英雄的。

莎翁：沒錯，戲劇裡的人物要敗得夠慘，才稱得上是英雄。悲劇創造英雄，只為了毀滅他——這是誰的論調？

冷伯：尼采。

莎翁：喔，那個瘋子。

冷伯：別忘了暴風雨中的李爾王，瘋子的囈語通常很有洞見。考你一下：「雖是瘋言瘋語，卻不乏條理」出自哪裡？

莎翁：我知道！我知道！

冷伯：直接講答案，不用舉手。

莎翁：出自《哈姆雷特》第二幕第二場——怪哉，劇本是我寫的，怎麼你反而考起我來了？

冷伯：我哪知道你像小學生一樣，這麼容易上當。不扯了，繼續說：尼采認爲悲劇英雄是意志的極致表徵，我們在他的毀滅裡面，驚覺到原來英雄也只是個現象，其背後隱藏著比個人更強勁偉大的永恆生命的意志。悲劇所帶來的形而上的愉悅是一種過程，那個過程「逼迫我們凝視著存在的恐怖，卻不被那景象變成石頭：一種形而上的慰藉暫時將我們提昇於瞬息萬變的現象漩渦之上……」欸，講到這，我心情忽然跌到谷底。

莎翁：怎麼啦？

冷伯：悲劇眞的死了，不管是文學的，或是人生的悲劇。我最害怕的情況已然發生：於今的人們只是見識到現象的恐怖便已化成石頭。

莎翁：我懂了。每個人都是瘋子，沒有一個是智者。

冷伯：你以爲我半夜一個人不睡覺，守在電視機前，是想從中獲得形而上的愉悅嗎？我只想得到廉價的感動。就像現在，時間剩下不到一分鐘，爵士落後五分，你仔細看他們怎麼逆轉情勢的。注意看——他媽的，又是廣告。看球賽轉播就得受這種罪，如果在劇院看戲也是這樣，成何體統！

莎翁：千萬別這麼說。這些廣告是廿世紀唯一具雄渾感的發明，如果我們那時就有這種東西，你想想看，我的劇場保證賺歪了！我只恨當時沒想到廣告這一招，否則我的劇本就可以每十五分鐘一個單位，單位與單位之間穿插廣告，賣我的簽名劇本，還有印著我肖像的T恤，還有——欸，你開門幹嘛？

冷伯：你出去。

莎翁：我說錯話了嗎？

冷伯：不是，你沒說錯話。

莎翁：那是怎麼啦？
冷伯：你剛才一邊講話，一邊做什麼動作？
莎翁：我吃了一口滷菜。
冷伯：我是怎麼跟你事先聲明的？
莎翁：You don't share.
冷伯：對，我不分享。你犯了我的大忌。走吧！
莎翁：可是人家——
冷伯：再見！

那個黑東西，我承認屬於我

——虛擬對話之尾聲

莎翁：於是有「誤解莎士比亞」這種不懷善意的讀後感？

冷伯：那可不是我寫的。

冷伯在床上閱讀《暴風雨》（*The Tempest*），轉身換個姿勢，驚見莎士比亞就躺在身邊，嚇得從床上一躍而起。

冷伯：講一個影，生一個子。

莎翁：嗯？

冷伯：我才讀到《暴風雨》，你就出現在我面前。

莎翁：懂了，「講人人到，講鬼鬼到」。劇本是影子，我是孩子。

冷伯：有點不倫不類，但並不是沒有道理。世人習知的「莎士比亞」不是你本人，而是你戲劇作品的產物。

莎翁：我也覺得，世人眼中的「莎士比亞」根本和我無關。

冷伯：就像你的劇本有很多版本一樣，「莎士比亞」也有各種不同的面貌。在西方，你是優雅品味的象徵，文明成就的巔峰。

莎翁：不敢當。

冷伯：不要得意，我還沒講完。對某些第三世界的知識分子而言，你卻是帝國主義的幫凶。你可知，你曾經在舞台上被吊死？

莎翁：啊！誰這麼大膽？

冷伯：一九九二年諾貝爾文學獎得主瓦科特（Derek Walcott）。

莎翁：喔，這小子自從有了個鳥獎加持，就揭竿起義，想造反了是吧。

冷伯：不是，早在一九六七年的一部取名爲《猴山之夢》（*Dream on Monkey Mountain*）的劇作，他就把你寫成劇中人，最後還將你判刑，當衆處決。

莎翁：罪名爲何？

冷伯：反人類。

莎翁：反人類？有沒有搞錯，我可是最關心人類的。

冷伯：你心目中的人類只有歐洲人吧。

莎翁：還有其他人類嗎？

冷伯：其實不能怪你，只怪大英帝國在教化殖民地、鞏固殖民政策時，把你的劇作列入教材，以致至今所有第三世界的英語系都還在教「莎士比亞」。南非的學者歐爾金（Martin Orkin）曾於一九九一年寫道：「很多學生曾經，也至今，要學習莎士比亞，而測驗他們的方式總不外是強調某個理想的過往：著重於人物與內在，執迷於永恆性與超越性——這一切有點像是把學生導向對主體的特定認知，使他們在面對既存的層級結構時，不是畏縮，就是屈服。」

莎翁：言重了。

冷伯：一點也不。爲了讓你明白，我先打個岔。美國好萊塢電影在我小時候就很受歡迎，但還不至於到把本土電影打掛的地步，然而近二十年來，它幾乎席捲全球，使得很多國家的電影工業招架不住。

莎翁：我懂，台灣人只看好萊塢，不看台灣電影。

冷伯：你懂個屁！台灣電影沒人看，不能全怪好萊塢，但這是另外一個話題，改天再好好聊。我要舉的不是台灣的例子。到了一九九〇年代，好萊塢囂張的程度連以文化大國自居的法國也招架不住，當時的文化部認爲應該實施配額制，否則本土電影會不斷萎縮。法國文化部的考量當然不只是市場，他們意欲抵制的是好萊塢那一整套對人生、人性、美醜、善惡的詮釋，以及夾雜其中的意識型態。

莎翁：我完全同意。身爲有教養的英國人，我最看不慣美國人的粗鄙。如果全世界的人們一切都向美國看齊，那還得了！

冷伯：已經是這樣了。

莎翁：怪不得，怪不得這個世界看起來精力旺盛，但骨子裡卻很空虛。是誰說的，整個美國就像一座迪士尼樂園？

冷伯：一個法國瘋子，布希亞。

莎翁：我倒認爲美國像電玩。就拿盧卡奇來說吧，他於一九七七年拍攝《星際大戰》，當時撼動全世界，沒想到電影可以拍成跟電玩一樣，好不稀奇。可是二十二年後，當他再度執導前傳，誰會料到他還是把它拍得像電玩？長不大，這就是我對美國人的評語。盧卡奇的難兄難弟史匹柏也是一樣，那傢伙很有電影的sense，可惜就是沒深度，年輕時拍拍《大白鯊》、《第三類接觸》或《ET》也就罷了，到了中年還在拍《搶救雷恩大兵》可就露餡了。

冷伯：伍迪．艾倫還可以吧？

莎翁：搞喜劇他一流，要深度他沒有。他那一部沉悶的《愛與死》記得吧，簡直是矯情到極點。爲什麼？答案很簡單：美國是個過動兒，有用不完的精力，但靜不下來。你不能相信一個靜不下來的國家。

冷伯：所以說嘛，怎麼可以跟美國人看齊呢。

莎翁：我抵死不從。

冷伯：說得好！既然你不吃美國那一套，別人又爲什麼要吃你們英國那一套？

莎翁：這……欸，你這是拐著彎罵人啊？

冷伯：沒錯，爲了循循善誘，我繞了一大彎，只想說明一點：第三世界對你很感冒是理所當然的事。

莎翁：所有的第三世界？

冷伯：覺醒的那部分。

莎翁：還有分覺醒和不覺醒的？

冷伯：台灣就屬於還沒醒來的部分。我們台灣太崇拜你了。

莎翁：果然是有文化的地方。

冷伯：你錯了，台灣只給你唇舌服務。

莎翁：什麼？

冷伯：只是嘴巴上說你好，lip service。

莎翁：原來是lip service，我剛剛誤會了，想到A片。

冷伯：正經點好嗎！在台灣，對你眞正有研究的人不多，五隻手指都數得出來，可是我們的知識分子在言談之中卻最喜歡引用你的名言。

莎翁：台灣人不讀我的劇本，爲何崇拜？

冷伯：就是因爲一知半解才如此讚嘆。我們深怕不說你偉大會貽笑大方。台灣是個奇怪的地方，它屬於第三世界最邊陲的角落，是邊陲的邊陲的邊陲，再邊陲下去恐怕就要掉出地球儀了，可說也奇怪，台灣人卻自以爲與核心靠得很近，我們的社會名流穿的都是歐美最流行的款式，我們的學者賣弄的都是西方剛出爐熱騰騰的理論。美國發生九一一事件時，我們跟著哭爸哭母，如喪考妣，讓人誤以爲台灣眞的是第五十一州。欸，我們要不要到客廳去聊？兩個大男人躺在床上談天說地的有點奇怪。

莎翁：還好。

冷伯：我又不像你，沒事喜歡寫些十四行詩，歌頌少男的青春。

莎翁：就是因爲那幾首詩，很多人揣測我不是gay，就bi。

冷伯：你是嗎？

莎翁：……

冷伯：好，不用回答，我不想刺探你的隱私。

莎翁：你就是想。

冷伯：我承認，我有點好奇。

莎翁：我也很好奇。

冷伯：欸，你搞清楚，冷伯我他媽的可不是gay喔！

莎翁：你緊張什麼？我對你的性取向毫無興趣。我好奇的是，爲什麼那些所謂覺醒的第三世界的知識分子，認爲我犯下了反人類的罪行。

冷伯：他們怪罪的不是莎士比亞，而是「莎士比亞」。

莎翁：加個引號我就會好過些嗎？

冷伯：你本人當然不是沒有責任。就拿你的告別作《暴風雨》開刀吧。在這個劇本裡，普洛斯皮羅（Prospero）有兩個原住民奴隸，一個是歸順的艾瑞爾（Ariel），另一個是冥頑不化的卡力班（Caliban）。

莎翁：這兩個人物跟原住民有什麼關係？他們只是象徵，一個代表至善至美，另一個代表極惡極醜。兩人分別象徵普洛斯皮羅內心裡的兩種力量，一則向上提昇，一則向下沉淪。我這樣的設計有後設的意味，企圖在我創作生涯的完結篇裡，提出我的文學觀。我自比爲普洛斯皮羅：作家運用想像力創作出藝術品好比普洛斯皮羅耍弄魔法一樣。作品有優劣之分，魔法有正邪之別。優質藝術品把人們引向眞善美的光明正途，劣等藝術品——如果劣等還稱得上藝術品的話——只是死命挖掘人性黑暗面。每個人內心有一個艾瑞爾，也有一個卡力班，要提昇或沉淪端賴我們偏向哪一方。

冷伯：所以艾瑞爾和卡力班只是象徵。

莎翁：只是象徵，艾瑞爾是精靈，卡力班是女巫的私生子，難道還寫實不成？要知道，象徵或隱喻是文學之所以是文學的先決條件。亞里斯多德曾說，一個詩人的功力如何但看他運用隱喻的高超與否。

冷伯：在這方面你是「一江春水向東流」。

莎翁：什麼？

冷伯：你是一流的。

莎翁：你這是在賣弄隱喻嗎？

冷伯：我怎敢班門弄斧。如果希臘喜劇作家亞里斯塔芬尼（Aristophone）重寫《青蛙》（*Frogs*）一劇，搞個隱喻擂台賽，保證你會打敗群雄，榮登台主的寶座。

莎翁：但是？我知道好話說完，後面一定有「但是」。

冷伯：但是，隱喻不可能憑空而來，總得取材自現實。因此一個作家運用什麼隱喻，多少揭露出他對某一現實的觀感。在這個劇本裡，來自歐洲的普洛斯皮羅被定位為主人，屬於本土的艾瑞爾和卡力班被定位奴隸，這樣的權力架構說穿了就是歐洲中心主義的產物。沒有純隱喻這種東西。我舉個例子給你聽。自從台灣引進外勞以來，家裡有沒有外勞成為社會地位的象徵。因為如此淺薄，我的同胞在不知不覺中以爲台灣比鄰近的國家來得優越，有的把外勞當次等人，有的甚至不把人當人，每次在公衆場合看到台灣雇主以粗俗的英文指使外勞時，我總是一肚子火，亟欲當場開罵，但還是捺著性子，因爲我知道：檢舉一兩個下三濫可以，糾正大部分的敗類難如登天。有一次我在遠企地下街用餐，隔壁桌坐了五個人：一對夫妻、兩個小孩、一名外勞。但見那對穿著雅痞的夫妻自顧自吃著盤裡的食物，兩個小孩的餵食完全由外勞負責。整個過程我都在納悶一件事：那外勞吃什麼，最後謎底揭曉，外勞吃全家四人盤裡剩下的食物，跟餵狗沒啥兩樣，看了令人痛心。這幾年，「外勞」成了幽默的材料。很多台灣人在自嘲時會說「我變成菲傭了」。於此，「菲傭」是比喻，乍聽之下無傷大雅，但它透露著對菲傭的歧視，也透露著將外勞同質化的意識型態。如此一來，每當台灣人要幽默時也連帶侮辱了外勞。你知道台灣雇主怎麼說外勞的嗎？在他們的嘴裡，外勞沒有個體，如果菲傭Mary睡過頭了，雇主不會說「Mary睡過頭了」，而是說「她們就是如此懶惰」。這正符合緬米（Albert Memmi）在《殖民者與被殖民者》一書所說的，「奴隸」被「主人」責怪絕不會只是個人遭殃，一定是整個階層、種族受到波及：家裡東西不見了，誰第一個被懷疑？當然是整天在家的外勞，因爲「她們不改賊性」！

莎翁：你會不會太政治正確了點？

冷伯：寧可多點政治正確，也不要遲鈍到無感的地步。

莎翁：我當初的設定其實很單純：普洛斯皮羅代表文明，卡力班代表原始；一個是「教養」（nurture），另一個是相對的「自然」（nature），比喻人類的進程不外是從原始演變到文明，而且兩者也不是截然二分，卡力班是普洛斯皮羅的一部分。第五幕時，普洛斯皮羅指著卡力班對眾人說：「這個黑東西，我承認屬於我。」（this thing of darkness I / Acknowledge mine.）這句話一語雙關，表面上指的是，他是卡力班的主人，但就象徵層次而言，卡力班是普洛斯皮羅內在的一部分。

冷伯：佛洛依德怎麼說的？笑話是潛意識的流露。隱喻也一樣，它把兩個本無相關的事物混爲一談，其中帶有侵略性，某種僭越的暴力。我問你：卡力班的名字是不是「食人族」（cannibal）字母的重組？

莎翁：神來之筆吧？

冷伯：你高興就好。劇中那個荒島影射哪裡？

莎翁：你們今天所說的加勒比海那一帶。

冷伯：密蘭達（Miranda）口中的「美麗新世界」（brave new world）指的是不是美國？

莎翁：沒錯。我的贊助者裡面，有兩位在當時的北美維吉尼亞一帶有投資生意，劇中船難的靈感也來自一個眞實事件。

冷伯：你沒去過當時的美洲？

莎翁：沒有，但是十七世紀的倫敦街上到處都有黑人走來走去。

冷伯：美洲原住民不是黑人，你總知道吧？

莎翁：他們皮膚不白總沒錯吧？

冷伯：你這樣講我還能說什麼呢？《暴風雨》本來是一齣很浪漫的戲碼，可是每當我想到卡力班被你形容得一文不值，我就會聯想到美洲原住民的悲慘歷史。

莎翁：多了點意識，少了些許浪漫。像你這種人怎麼懂得欣賞我的劇本呢？讀書的樂趣就是把自己的成見放一邊，浸淫在作者爲我們編織的奇異世界裡。

冷伯：我已經做不到了。感覺好像是嘗過禁果、被逐出樂園的亞當。

莎翁：純眞不再。

冷伯：浪漫不得。

莎翁：於是有「誤解莎士比亞」這種不懷善意的讀後感？

冷伯：那可不是我寫的。

莎翁：是你朋友寫的。

冷伯：「這個黑東西，我承認屬於我。」

莎翁：他是你的卡力班。

冷伯：你是我的普洛斯皮羅。

莎翁：謝謝。

冷伯：「這個黑東西，我承認屬於我。」

冷伯傳奇系列

【附錄】

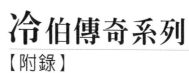

新羅漢腳精神

接到電話時冷伯有點詫異，因爲她們見面從來懶得理他，更不會主動打電話給他。小羅的老婆阿雯細細碎碎述說了來電原委，掛上前還不忘說一句：「對不起，麻煩你了，實在情非得已。」

好一個情非得已。在幾個大學死黨的老婆們印象中，冷伯可說是惡名昭彰。這其中有部分是被栽贓嫁禍導致的。就拿Peter來說吧，這傢伙好色兼小氣，捨不得到賓館開房間，總是將就著在車上跟不時在換的情婦辦事。有一回他老婆在車上發現了一枚散置的保險套，撒謊慣了的Peter完全不用打草稿，立刻說：「媽的，原來冷伯昨天跟我借車是爲了搞這檔事，眞丟臉！」冷伯知道這黑鍋鐵定得背到這對夫妻海枯石爛，只得一再忍受Peter老婆對他的譏諷：「冷伯，你哪時候才要買車啊？」

其實，用不著朋友陷害，冷伯自有一套惹惱這些女人的本領。二十幾年前小羅結婚，冷伯還是個窮酸研究生，沒錢給紅包卻又想白吃一頓，靈機一動把枕頭底下珍藏的《性愛大全》用牛皮紙包好當禮物，赴宴去了。蜜月回來，小羅告訴冷伯：「阿雯氣炸了，覺得你很猥褻。不過，那本書還眞實用。」原本羞愧的冷伯，聽到最後一句馬上得意起來，自覺造福人間。又有一回，幾對夫妻聚餐博感情，當時尚單身的冷伯也受邀請。許是觸景生情，菜還上不到一半冷伯就醉了，搖晃起身發表一段倒盡衆人胃口的演講：「各位，祝你們永浴愛河，白頭偕老，但是天下沒有不散的宴席，到時候千萬要拿出勇氣，快刀斬亂麻。我痛恨死拖活拖，記住，要是有一天不幸鬧離婚，千萬不要找我調停，因爲我的原則是勸分不勸合，不信你們看，這裡有我的印章，隨時可替你們辦離婚手續！」事後，冷伯懺悔，怪自己酒後饒舌，怪當天赴宴前他恰巧到戶政事務所辦事，但朋友還是把他罵到臭頭，並轉述幾位夫人的一致看法：一個會隨身攜帶印章的人肯定有病。

阿雯不可能找冷伯商量事情，除非情不得已：「這些年幾個朋友感情淡了，很少聯絡，小羅偶爾還提到你，我不知道該找誰，只好找你。自從小羅被公司遣散後，一直找不到適當的工作，他曾經試著屈尊俯就找個薪水只有從前三分之一的工作，但總是因爲放不下身段而辭職。我不勉強他，一直告訴他，房子有了、孩子也大了，只要省吃儉用，我賺的錢還足夠。他聽不進去，一心只想東山再起，愈是這樣想卻是愈找不到工作。後來，你大概不知道，他跑去開計程車。剛開始還覺得新鮮，可以從後視鏡看盡百態，在紅燈下思索人生，但這樣的心情維持不到半年。這陣子，小羅表面上和以前沒兩樣，早出晚歸，開車在外長達十四小時，但帶回來的錢變少了，好的時候只有一千出頭，壞的時候連帶在身上的錢也少了。你聽過有人開計程車倒貼的嗎？還記得我們結婚時你送的禮物吧？幫我一個忙，就算是贖罪吧。不管是明察或暗訪，我要知道眞相，如果他有女人，你隨身攜帶的印章就可以派上用場了。」

爲了贖罪外加好奇，冷伯翌日便開車跟蹤小羅，但由於計程車實在太多，幾次拐彎都差點跟丟，弄得冷伯疑神疑鬼，老覺得其他計程車有意掩護小羅的行蹤。起初無啥異狀，小羅狀似認眞地找尋顧客，這邊兜兜，那邊轉轉，可惜「阿搭力」（運氣）奇差，一個時辰內只載到兩名短程客人。十點一過，動靜來了：原本像隻無頭蒼蠅的計程車彷彿意志上身，不再踟躕流連、東磨西蹭，踩緊油門呼應著前方的召喚。

來到公園時，空地兩旁已停放七八輛計程車。小羅步出車外，興致勃勃地走向圍成一圈的同行：兩人坐在草地上賭象棋，其他人或踞或立，在一旁指指點點。小羅顯然熟門熟路，和大夥兒熱絡地招呼著，不多時便進入狀況，跟著七嘴八舌評論戰局。這一切看在冷伯眼裡，行事俐落以致有點粗糙的他不多想便開門下車，走往那一幫不務正業的傢伙。小羅一見是他面露詫異，好似蹺課被老師逮個正著的小學生，正待聽訓，不意冷伯劈頭就說：「不是觀棋不語眞君子嗎？」這突來的一問讓小羅卸下警戒，接道：「我們這裡沒有君子。」其他幾位司機立即附和：「我們是俗辣。」

沒多久冷伯便和豎仔們打成一片，和他們貧嘴互虧，還親身下海與人博奕，輸掉兩百塊，差點把來意給忘了。直至正午時分和小羅蹲在樹下吃便當時，才有機會私下聊聊：

——一局兩百會不會太少？

——我就知道你會這麼問。

——身爲賭徒，我講究的是投資報酬率。

——重點不在賭注的多寡，而在於一局能打發多少時間。

吃完便當，小羅隨手在草皮上來回擦磨，算是淨洗過了。他掃視其他蹲踞在公園一角抽菸的司機們，平靜地說：車子開不下去了……爲了區區幾文錢得天天走獸似的繞行十四個鐘頭以上。沒有客人的時候心很慌，有一股衝動想去撞行人，有客人的時候卻老覺得有人侵犯我的隱私，還得暗自祈禱對方不要爲了五塊十塊和我計較，否則老子總有一天會放開方向盤轉身掐他脖子。這種心情怎能繼續開車？……以前的羅漢腳有路可走，無家可歸，他們無宅無妻，不士不農，不工不賈，遊食四方，赤腳終生。病無醫，死無蓆，來得清潔，走得乾淨。我們這些難兄難弟，有家有眷，有車有房，不至孑然一身，卻也終日無所事事如遊魂。我們是新羅漢腳。從前衙門最怕羅漢腳聚衆鬧事，我們這些新遊民卻一點也不讓警察大人操心，只要不來管我們，我們不會去招惹別人。世界對我們是不存在的。

冷伯本想告訴小羅，他不屑賺的區區幾文錢卻是很多人賴以爲繼的來源，但他知道這不是討論階級差異的時候，只好小心翼翼地說，阿雯不在乎你賺不賺錢，大可跟她明說，把車子賣了，每天散步來這裡下棋。

不行，那我不就眞的成了無業遊民。

離開小羅後，心情沉重的冷伯開著車，不知這步棋接著該怎麼下。小羅想是不會向阿雯坦白的，冷伯也不忍告訴阿雯眞相。這種事怎麼能從外人那得知呢？

紅燈下，冷伯思索著人生，隨眼瞅著來往的行人和他們一張張不具啓發性的臉孔，突然覺得：新羅漢腳精神正籠罩著這個地方。

向可愛宣戰

因朋友無幾，可堪動員的更少，只能號召三人。

范正志、王力念、吳政釜才進屋坐妥，冷伯便急著宣布：「各位，我有一個計畫——」話還沒講完，三個方貼上沙發的屁股有如彈簧般彈起，魚貫往出口方向走去，冷伯料到有此一著，一個箭步擋住，要他們至少聽完再說。范正志代表其他兩人提出怨言：「我們不會再上當的，你的計畫沒有一次不是雷聲大、雨點小。」

這不能怪我，冷伯辯稱，要怪大家。上回我看不慣台灣車展總是千篇一律找show girl賣肉，汙蔑女性同胞，侮辱我們男人的品味，因此找大家到現場搞一次「只要賣車不賣肉」的抗議活動。我們不是去了嗎，王力念訕訕嘀咕。不說還好，說了冷伯更動氣：「對，你們是去了，可是我打死都想不到，你們居然無恥地自備相機，擠在人群中搶著拍照！」

三人面面相覷，自知理虧。冷伯見狀，正待一舉宣布新計畫，卻又被范正志打斷：那「反痞子運動」又怎麼說？不能怪我，冷伯說，我原先的用意是要端正社會風氣，回歸溫良恭儉讓，呼籲台灣同胞揚棄「老子最大、死不認錯」的痞子文化，結果討論半天，竟發現我們四個比任何人都痞，你們說，這運動怎麼搞得下去，不就等於幾個醉鬼邊乾杯邊搞「戒酒誓師大會」嗎？

這一席話總算讓三個臭皮匠拉上嘴巴拉鍊，不再插話，冷伯於是鄭重宣布：「各位，我有一項新計畫——（這次換冷伯自我打斷，來個戲劇性的停頓）我要向可愛宣戰！搞一個動搖國本、扭轉國魂的『反可愛運動』！」說完，冷伯以爲會受到熱烈迴響，但見三人再度面面相覷，不知所以，只好耐心解釋：

「我早就發現，可愛是台灣公民走向成熟的最大阻礙。可愛讓我們長不大，我們生活在可愛的深淵裡。可愛的病毒已經從孩童延續到青少年，甚至感染了大人，這些大人再把病毒遺傳給下一代。這是可愛的惡性循環，不及時遏止恐怕會使環境的因素惡化爲基因的質變。以上，我知道，稍嫌學術、空泛，讓我舉些實例，你們便明瞭情況的嚴重性。我最近注意到，在電話結尾與人道別時，自己講的是純正的『再見』，但對方講的卻是『蓋ㄍㄧˋㄢ』，或是介於兩者之間的嗲聲嗲氣——」

三個豬八戒聽到此，不自覺揣摩介於兩者之間的發音，冷伯只好叫他們通通閉嘴。

「雖然只是發音上的小問題，卻不可等閒視之，顯示可愛無孔不入。上個月我帶小毛去校園散步，遇上一個正要牽腳踏車的女大學生，一看到小毛就雙腳跺地，好像在跳踢躂舞，還唧唧叫說：『好恐怖喔，有狗耶！人家怕啦！趕快把牠拉走啦！』我心想，都大學生了，反應竟像個幼稚園娃娃，一時火大對小毛說：『咬她！咬她！』小毛愣頭愣腦地蹲坐在原處搖尾巴，但那位女同學已經嚇跑，腳踏車也不牽了。」

這個故事果然引起共鳴，三個大男人鼓掌叫好，嚷嚷著「大快人心」。眼看時機成熟，冷伯取出備齊的企畫書，內容包括活動宗旨、抗議宣言、靜坐地點、遊行路線、口號寶典等等。接著，冷伯又獻寶般拿出印製精美的「反可愛手冊」分送在場同志。王力念大致翻看，嘖嘖稱奇：「果然周全，還有服裝規範：領口、袖口、裙擺不准有蕾絲邊，衣服上不准有薄紗荷葉邊亮片，不准穿洞洞裝；有語言規範：講話不能虛字氾濫，發語詞不得用『阿、那或然後』，句中不許說『其實』，句尾不能加『對』。其他還有站姿、坐姿規範……等一下，這樣會不會太法西斯？」

冷伯正色回道：「非常時期要以暴制暴，要以粗獷法西斯打敗可愛法西斯！」

「這個cause很好，」不知爲何，范正志一正經起來便中英夾雜，「値得pursue。依我參加過無數次街頭抗爭的經驗，任何社會運動一旦被抹上挑動情結的汙名，它的正當性就會大打折扣。我的意思是，冷伯，你這個運動會不會挑起性別情結？」

「No way，」語言的感染力眞是神奇，冷伯也跟著洋腔洋調起來，「在台灣，可愛不是女人病，男人也中標了。手冊裡的規範兩性兼顧，像服裝那一頁提到的蕾絲、亮片、洞洞裝對男性也適用；語言部分更是如此。還有，我這個運動也不會挑起年齡情結，因爲它一網打盡，老少都不得倖免。Bottom line是，它會激化『反可愛vs.可愛情結』，這不就是咱們的目的嗎？」

「什麼事？」冷伯問。

從進門到現在一直沒吭聲的吳政釜終於舉手發言：

——我要搞清楚一件事。

——請說。

——這次抗爭有沒有流血的打算？

——不行。我反對暴力，整個過程要非常理性。

——既然如此，你們在浪費時間。

「冷伯，不是我澆你冷水，」吳政釜接著說，「搞社會運動若不訴諸暴力，成效微乎其微，比脫褲子放屁還多餘。」

——你是建議我們攻擊可愛一族？

——見一個打一個，來一對殺一雙。

吳政釜見三人頓時凸眼，彷彿患了急性甲狀腺肥大症，趕忙解釋：所謂的打殺只是譬喻，重點是要幹就得蠻幹，與其上街頭喊口號，不如搞個「可愛集中營」，強行洗腦。空談無用，我實際做給你們看。說完，一向以行動派自居的吳政釜掉頭就走，三分鐘不到從街上抓來一個蛋糕裙女郎。其他三人不及反應，一時搞不清究竟是吳政釜動作快，還是可愛滿街跑。

在吳政釜主導下，四個大男人圍剿一個弱女子，對那位花容失色的女孩進行改造大業，過程完全遵照冷伯的手冊……一個鐘頭過去，未見成效，三個鐘頭過去，稍有起色，九個鐘頭過去，驅魔儀式大告成功。

除衣著外，女孩已脫胎換骨，走路姿勢全變了，昂首闊步、外八兼甩手，講話也粗獷了起來：「閃人了，老娘買衣服去。」

四人欣慰地望著她的背影，依依不捨地說：「蓋ㄍㄧㄢˋ！」

不再為王建民加油

冷伯忍痛發誓不再爲王建民加油。

做出如此殘酷的決定和王建民一度拒絕台灣媒體採訪無關；反而，冷伯頗能體會王建民對台灣媒體的芥蒂。贏了球高不高興？輸了球高不高興？接下來一場你會怎麼投？面對滿腦漿糊的提問，木訥的王建民只能回敬以漿糊：「好好投，一球一球的投。」冷伯若有幸擔任建仔的發言人，他會如此代答：「好好投，一次投兩球，讓對方打不到。」

第一個理由：沒那麼熱中

發誓之前，冷伯內心歷經一番煎熬。

他整理出第一個理由：對棒球沒那麼熱中，常把王建民和趙建銘搞混，有一回坐計程車講錯名字——「趙建銘眞了不起！」——差點被司機趕下車。冷伯對得分不易的球賽都興致索然，要是棒球的比數能像籃球一樣，一〇三比九七，棒球可就精彩多了。不過，若要如此，球賽規則勢必得改：投球的目的是要讓打者擊中，守備的任務是漏接，沒有三振的顧慮，打到上壘得分爲止。

冷伯之所以留心美國職棒的動向，全是因爲王建民，順勢趕搭全島啦啦隊的航艦，和他那個以「瘋狂建迷」自居的好友王力念相差十萬八千里。早在王建民出現之前，王力念就對棒球有死忠的狂熱，不論國內，或是日本、美國的賽事，他都能瞭若指掌，對球員的名字如數家珍。王力念譏諷冷伯爲「好天氣粉絲」不是沒有道理的，冷伯的確是投機型的fair-weather fan，建仔贏球譽他爲神，建仔輸球便穢言穢語。要不是王建民，冷伯才懶得看棒球，早就忘了什麼是外角內球或內角外球，更不懂什麼是伸卡球。

王建民在大聯盟初露臉時，冷伯還能在朋友前隱藏他的無知和有點可恥的投機，直到有一天，不幸的一天，在王力念家看建仔投球時，冷伯不經意地問道：「伸卡球是不是矛盾修辭？」只見王力念慢慢轉頭，狠狠瞪他，以冷到足以結凍的口吻下逐客令：「我以認識你爲恥。請走，你的存在有辱我的建仔，你的屁股有辱我的沙發。今天要是洋基輸球，這筆帳我會算在你頭上！」很不幸，那天洋基果然輸球，冷伯到現在還不敢跟王力念聯絡。

看球的「有機儀式」

冷伯早注意到，王力念對棒球的態度，尤其是王建民的戰績，極爲虔敬，容不下一絲褻瀆，看球時遵行一套他自創的「有機儀式」。有些人固定齋戒沐浴，他則視情況而調整：這一次洗澡而輸球，下一次就整天不碰水，前陣子王建民五連勝，他也就跟著好幾天沒洗澡。坐沙發也是有學問的：他先設定姿勢，若建仔狀況特佳，寧可坐到僵直也不敢移動身軀，若建仔被擊出安打，立刻更換姿勢，等到又出狀況時再換坐法，一場球下來，他可以有十幾種姿勢；靠背、七分坐、三分坐、沿邊坐、全躺、側臥、半躺、倒立……不管姿勢如何，他獨不敢在電視機前來回踱步，唯恐干擾王建民。

王力念有一招令冷伯嘆爲觀止的撇步神功。王力念人如其名，但要倒過來讀：念力王。每當王建民球一出手，他便繃緊上身，腦袋瓜往右急甩，使出念力，說出咒語：「揮棒落空！」張力之強能撼動天花板上的吊燈，連靈異測報中心的儀器也會出現異常讀數。有一回，他使力過猛扭傷筋絡，腦袋瓜一時轉不回來。冷伯陪他掛急診時，醫生問說怎麼回事，王力念苦不堪言，只好代爲回話：

——怎麼啦？

——運動傷害。

——什麼球類？

——棒球。

——喔？我也喜歡打棒球。他打什麼位置？

——沙發。

冷伯關心很多事，卻老裝得一派漠然，其實他很想告訴好友范正志，人生不只有政治，很想提醒王力念，人生不只有棒球，但基於多年友誼，有話說不出，也知悉這兩人已走火入魔，有話聽不進。

第二個理由：自認是帶衰掃把

冷伯的重誓——不再爲王建民加油——和他的另一種走火入魔有關。

冷伯自認是掃把，帶衰的功力直逼球王比利的烏鴉嘴。八月二十四日中午洋基vs.水手，當時冷伯正和一群朋友用餐，其中一人接獲電話報導戰況，喜孜孜地向在座的宣布：「七比〇，第七局，王建民還在投。」雖然冷伯全忘了那天建仔投球，聽到消息比誰都振奮，趁大夥不注意，跑到餐廳樓下看轉播。詭異的是，從他離開座位到走近電視機期間，比數已變成九比二，王建民已經被換下場了。這這這這這……驚駭的冷伯當場唱起京劇，皮肉顫動，要不是禿頭，早已甩髮。

怎麼會這樣！事後統計，冷伯發現自己「失分自責率」過高，凡是他守在螢幕前的球賽，王建民勝算不高，凡是他拋諸腦後的陣仗，王建民贏面大增。八月十四日清晨，洋基迎戰天使，建仔主投，球賽尚未開始，冷伯這位「好天氣粉絲」早早打點好看球必備的三大要物：心情、啤酒、小菜。結果大家都知道了，首局上半建仔就被費金斯轟出陽春全壘打。看到這一幕，冷伯當下嗆到，把剛入口的啤酒噴在電視機上。接下來，冷伯想看又不敢看，在電視欲開還關之際，強勁的衰氣已灌出窗口橫越太平洋直襲彼岸的投手丘，導致建仔被擊出十三支安打，吞下本季第五敗戰。

經此發現，冷伯試著噤口不談王建民，閉腦不想王建民，果然「無念力策略」屢建奇功，建仔的第十五勝就是在他不知情的狀況取得的。接下來洋基打老虎那場，可說是有驚無險：當天冷伯擋不住誘惑而開了電視，眼看要鑄成大錯，所幸一場及時雨使球賽延期，建仔算是逃過被帶衰的劫難，爾後趁冷伯睡著的時候，悄悄拿下第十六勝。

第三個理由：不忍他變成「fix」

然而，眞正鞭策冷伯發誓不再爲王建民加油的，是第三個理由。

冷伯很想但不敢跟別人提及一個直覺：太多人爲王建民加油並不可喜。如果台灣觀衆都像王力念一樣，邊看球賽邊發功，則這一股齊發的念力叫建仔如何承受？這是典型的寄忘憂於一役，繫希望於一人。民國五十七年八月二十五日，紅葉以七比〇擊敗日本冠軍明星隊時，冷伯在現場目睹了同樣的情景：全場觀衆歡聲雷動，不苟言笑的爸爸笑了，不愛哭的冷伯哭了，好似此回勝利足以舒緩家裡負債的困境，足以彌平日本殖民的恥辱。此後，就是一連串的世界少棒冠軍，一連串的鞭炮劈哩啪啦響，全國人民在爆竹的殘片裡撿拾著稀碎的民族自尊。

幾十年下來，經濟奇蹟之後民主社會成形，王建民承受的壓力未減反增，他背負壓力的大小和台灣人民自尊指數的高低成反比。政治上，我們曾寄希望於一人，但那個人讓我們徹底失望，於是我們寄希望於另一人，未來的失望指日可期。好奇怪，冷伯暗忖，台灣人的「希望」總是寄向「查無此人」的去處。無論如何，饒了王建民吧！他不是政治人物，只是運動員，台灣人怎忍心要求他隻手撐天，爲大家出口氣？出什麼氣？怎忍心冀望他，爲我們贖救源於政治、經濟、治安、人生、人際、家庭等一切混亂所衍生的失落？犯毒癮的junkies不時需要打一針，英文稱此爲「fix」，曾幾何時台灣人都成了junkies，王建民成了集體台灣人的「fix」？……冷伯很想找個人分享這些，但他嘻笑慣了，怕嚴肅起來過分嚴肅，爲了不嚇壞朋友，只好意見留給自己，保持嘻笑。

立誓後的冷伯，閉目爲王建民祈福，希望他安心打球，其他不予理會。

同時，冷伯告誡自己：冷靜過日，另尋出口，台灣不能只有王建民。

INK PUBLISHING 文學叢書 200

誤解莎士比亞

作　　者　紀蔚然
總 編 輯　初安民
責任編輯　尹蓓芳
美術編輯　黃昶憲
校　　對　紀蔚然　尹蓓芳

發 行 人　張書銘
出　　版　INK 印刻文學生活雜誌出版有限公司
台北縣中和市中正路 800 號 13 樓之 3
電話： 02-22281626
傳真： 02-22281598
e-mail: ink.book@msa.hinet.net
網　　址　舒讀網http://www.sudu.cc

法律顧問　漢廷法律事務所
劉大正律師
總 代 理　展智文化事業股份有限公司
電話： 02-22533362 ・ 22535856
傳真： 02-22518350
郵政劃撥　19000691 成陽出版股份有限公司
印　　刷　海王印刷事業股份有限公司

出版日期　2008 年 8 月　初版
ISBN　978-986-6873-42-3

定價　200 元

國家圖書館出版品預行編目資料

誤解莎士比亞／
紀蔚然著；-- 初版，--
台北縣中和市： INK 印刻文學，
2008.08 面； 公分（文學叢書；200）
ISBN 978-986-6873-42-3（平裝）

855　96019579

INK